여자-여
너를 대접하라

이희숙 지음

한누리미디어

국립중앙도서관 출판시도서목록(CIP)

여자여 너를 대접하라 : 이희숙 지음. -- 서울 : 한누리미디어, 2010
    p. ; cm

ISBN 978-89-7969-365-2 03810 : ₩12000

기행 문학[紀行文學]

816.7-KDC5
895.785-DDC21   CIP2010001617

Contents

Contents

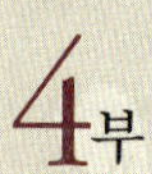

5^부

6^부

7^부

Contents

8부

9부

10부

Contents

11부

다채로운 세계와의 소중한 문학적 산책

— 이희숙 지음 [여자여 너를 대접하라]

홍윤기

국제펜클럽 한국본부 고문
한국외국어대학 [일본사회와 문화] 담당교수
일본센슈대학 대학원 국문학과 문학박사

이희숙 시인이 뜻한 바 있어 가까운 일본을 비롯하여 동남아 각국과 호주, 뉴질랜드며, 미주 각국과 유럽 등 세계 여러 나라를 두루 돌았다. 그냥 돈 것이 아니고 가는 곳마다 떠오르는 시상을 스케치하듯 알알이 영근 시를 곁들여 독자에게 삶의 의미와 시인의 예지를 번뜩여 준다. 여류시인의 눈에 비친 세계는 과연 어떤 것인가.

필자에게 보내준 원고 뭉치를 차분하게 읽어 보기로 했다. 그의 행로는 미주 북쪽의 캐나다를 비롯하여 피지섬으로 건너가기도 하고, 독일의 베를린 장벽에서 조국의 분단을 슬퍼한다.

북유럽의 덴마크에서는 안데르센의 동상을 찾아간다. 핀란드의 헬싱키 대성당의 웅장함 속에 안기고 시벨리우스의 핀란디아의 장중한 음률에 깊이 젖기도 한다. 노르웨이에서는 경제적 국익을 실감하고 피오르드의 아름다운 대자연에 심취한다. 러시아의 웅장한 겨울궁전이며 모스크바에서는 푸시킨의 생활의 아픔을 이겨내자는 시인과의 공감을 실감도 해 본다.

서유럽으로의 행로는 파리의 루브르박물관에서 가장 인상 깊은 예술혼에 감싸인다. 밀레의 명화 [만종]과 치솟아 올라보는 에펠탑, 몽마르트르 언덕의 가난한 예술가들의 진실과 마주쳐 보게도 된다. 로마의 바티칸성당은 빼놓을 수 없는 기행 코스. 물의 도시 베네치아의 콘돌라와 소렌토의 드높은 목청의 진한 음성미에 감싸이고, 체코 왕가의 성을 둘러보며 왕조사를 음미하는가 하면 폴란드와 유태인의 아우슈비츠수용소를 꼼꼼하게 눈여겨보며 히틀러의 만행에 분개한다.

오스트리아의 알프스산의 정경을 맛보며 남구만의 명시조며, 박경리의 [토지]의 터전까지 연상하는 문학기행은 흥미롭다기보다 다채로운 발상의 재질로 넘친다. 터키의 벌판을 거치면 그리스 역사 문화의 전당 파르테논신전과 올림픽 발상지에 발디디며, 다시금 지중해 건너 이집트의 스핑크스 5천년 역사의 발자취에 심취한다. 중국땅 만리장성의 성 위로 오랜 역사를 걷고, 베이징의 천안문광장도 걸었다. 홍콩의 번화가를 돌고 상하이로 건너뛰어 다시금 찾은 곳은 불교의 나라 타일랜드, 베트남에서는 월남 아가씨와 한국 청년의 사연을 엮어보는 여유가 넘친다.

　무엇보다도 크게 관심 쏠리는 것은 일본 여행기다. 필자와 함께 여러 시인이며 학자들이 일본 속의 우리 한국 민족사의 눈부신 역사 터전들을 답사한 것도 3번이나 된다. 어느 사이엔가 이희숙 시인은 꼼꼼하게도 설득력 있는 탐방기를 요약하듯 잘도 써냈다.

　일본은 과연 어떤 나라이며 한국과는 어떤 인연이 있는가. 일본 사람들은 고대부터 지금까지 [백제](百濟)라는 나라를 [구다라](くだら, 百濟)로 불러오고 있다. 일본 땅에는 현재까지도 [구다라](くだら, 百濟)라는 [백제] 명칭들이 도처에 널리 보이고 있어 한국인으로서는 일본에서 그런 것을 대할 때 정다움을 크게 느끼게 된다(홍윤기 저, [일본 속의 백제, 구다라(百濟)], 한누리미디어, 2008). 어째서 일본에는 예전부터 [구다라](くだら)라는 땅 이름이며 역사 유적과 사찰 등이 많이 남아 보존되어 오고 있는 것일까. 일본의 유명한 작가며 역사가였던 시바 료타로(司馬遼太郎, 1923~1996) 씨는 한국에도 널리 알려진 인물이다. 특히 시바 료타로 씨의 유명한 역사 기행문인 [가도를 간다](街道を行く・十九, 1982)를 읽어보면, 일본에서는 "백제를 구다라로 부르며 백제는 '큰 나라'(クンナラ, 大國)를 뜻한다"고 다음같이 상세하게 밝히고 있다.

　"조선반도 북쪽에 고구려국, 서에 백제국, 동에 신라국이 섰다. 이 경우 특히 백제에 주목하고 싶다. 백제국은 4세기(백제 제11대 비류왕, 서기 304~344년 재위 시대 이후를 가리키는 것 같다. 필자주)로부터 불과 3백년간 존속한 국가이면서도, 고대 일본에게 있어

서는 문명의 파종기(播種機, 씨앗 뿌리는 기계) 같은 역할을 했다. 백제가 망했을 때는 일본이 그들 수많은 백제 유민들을 받아들였다. 백제를 일본에서 [구다라]로 부르는 것은 큰 나라(クンナラ, 大いなる國)라고 하는 조선어에서 생긴 말이라고 한다. 백제인들이 왜인倭人에게 그렇게 말해 준 것인지, 왜인이 백제 문화의 위대함을 앙모仰慕하여 그렇게 부른 것인지, 여하간에 이 말이 일본어 속에 정착한 것은 흥미롭다"(街道を行く · 十九, 1982).

교토대학 사학과 교수였던 일본 고대사의 태두泰斗인 우에다 마사아키(上田正昭) 박사도 일찍부터 "백제百濟를 [구다라]로 부르는 것은 [큰 나라]라는 뜻이다"라고 백제 역사를 일컫는 자리(KBS-TV, [역사 스페셜]-[구다라 열풍] 2005. 9. 16. 방송 출연, 최필곤 PD 연출) 등에서 빈번하게 주장하여 왔고, 직접 필자에게도 벌써 30년 전부터 "구다라는 '큰 나라' 라는 뜻이다"라고 말했다. 이 저명한 일인들의 주장은 백제가 일본에 베푼 정치와 사회 문화적 영향이 얼마나 큰 것이었는지 그것을 웅변으로 말해 주는 것 같다. 교토산대 일본문화연구소 이노우에 미쓰오(井上滿郎, 일본고대사) 교수도 "백제가 아니었으면 일본 문화는 1백년 이상 더 뒤졌을 것이다"고 주장해 온다. 그 역사적 배경은 고대 백제인 일본 지배자들의 발자취가 입증해 주는 것 같다.

"일본 천황가가 백제 도래인들로부터 이루어졌다"는 것은 수많은 일본 저명 사학자들이 주장해 오고 있다(홍윤기 저, [일본 속의 백제, 구다라(百濟)], 한누리미디어, 2008 ; [일본 속의 백제, 나라(奈良)], 한

누리미디어, 2009). 그 대표적인 백제인 일본 지배자는 제15대 오진(應神, 4~5C) 천황이다. "백제 개로왕(455~473년 재위)의 아들인 '곤지왕자' 가 왜나라에 건너와서 '오진천황' 이 되었다"(石渡信一郎, [百濟から渡來した應神天皇], 2001)는 것 등은 여러 저명 일본 고대 사학자들의 통설이다. "오진천황의 신주神主를 제사 모시기 시작한 곳은 하치만궁(八幡宮)에서였다"고 에도시대 고증학자 도데이칸(藤貞幹, 1732~1797년)이 밝혔다([衝口發], 1761). 이 하치만궁이란 규슈의 '우사신궁宇佐神宮' 을 가리킨다.

백제인 오진천황을 제사 지내기 시작한 이래, 나라(奈良, 710~784년)시대에는 백제 제26대 성왕의 신주(今木神, 이마키가미)를 당시 왕도였던 나라(奈良) 땅의 다무라후궁(田村後宮)에서 신주를 모시고 제사 지내게 되었다(西角井正慶, [神樂家硏究], 1941). 무엇 때문에 일본 왕실에서 백제 제26대 성왕의 신주를 모시고 제사 지냈는가(홍윤기 저, [일본 속의 백제, 구다라(百濟)], 한누리미디어, 2008). 두 말할 나위없이 고대 일본의 지배자는 '구다라' 즉 '백제왕국' 이었기 때문이라고 본다.

추천사는 여기서 줄이고 이희숙 시인의 의미 심장한 각지의 시편과 더불어 문학기행을 이제 독자 여러분은 흥미진진하게 감상할 것이다.

▲ 히라노신사 경내

1부

구다라에 백제의 흔적을 찾아서

— 오사카땅 백제의 뚜렷한 발자취들

우리 가족은 일본에서 13년이나 살다가 해방된 조국에 돌아가야 한다는 중부님의 지시에 아버지와 어머니는 형님의 말씀을 거역할 수 없어 연락선을 타고 귀국했다고 하셨다.

어머니는 일본에 집이랑 가재도구를 두고 온 것을 늘 아쉬워하셨다. 1945년 8월 3일 히로시마에 원폭이 떨어졌을 때는, 다리 밑 강물에 들어가 목만 내어놓아도 뜨거웠다던 이야기를 들으며 나는 자라왔다.

멍석에 말리는 곡식을 쪼아 먹는 닭을 쫓을 때 '고라고라' 하던 말이며 일본에서 신던 어머니의 우단 하이힐을 우리나라에 돌아와서는 신을 수 없어 놓아둔 것을 어릴 때 멋을 내고 싶어 신어보기도 하였다. 일본에서 가져온 범랑 세수 대야로 늘 세수를 하였던 기억도 난다. 1975년경에 우리나라에도 범랑 남비며 그릇들이 나와서 신부들은 혼수로 장만하여 시집갔다. 어릴 때부터 여러 가지 들은 이야기들로 낯설지 않은 이렇듯 알게 모르게 몸속에 입력되어 있는 것을 확인하러 일본 여행길을 나선다.

일본에다 선진국 백제는 새로운 문물을 전하며 왕국을 이루고 살아온 곳이 지금의 오사카 땅이다.

백제의 현인이었던 박사 왕인은 미개한 일본에 천자문과 논어를 가지고 가서 우리의 문화와 지식을 전수하였다. 일본 문화사상의 한가운데 불후의 위업으로 남아 있는, 백제의 흔적들을 찾아 여러 학자와 문인들과 함께 세 번이나 일본 역사 기행을 다녀왔음에도 의문은 가시지 않는다.

백제의 근초고왕 부자가 왜의 후왕에게 선물한 칠지도를 모신 이소노카미신궁이며 개로왕의 둘째 아들 곤지왕자의 신주를 모신 신사를 숨기느라 일제가 아스카베신사로 이름조차 바꿔 버린 우리의 얼을 바르게 찾고자 일본 유학시절부터 지금까지 38년간 연구하고 계신 한국외국어대 홍윤기 교수님과 함께 탐방을 계속했다. 아키히토 천황도 자기의 몸에 한국인의 피가 흐르고 있다며 증언한 바 있다.

▲ 백제 제13대 근초고왕이 369년 왜나라에 살고 있던 백제인 후왕(侯王)에게 하사한 칠지도

백제 우편국百濟郵便局에서

오사카 시내 한복판에는 일본에서 1500년이라는 오랜 백제인의 뿌리가 뚜렷하게 남아 있는 곳들도 많다. 이를테면 백제역百濟驛, 백제대교百濟大橋라는 한자어의 철판이 아직도 다리에 그대로 박혀 있다.

백제 우편국 안에 들어가 보니 '백제' 간판을 내걸고 현재도 우체국 업무를 그대로 보고 있으며 한적한 시골마을의 사람들이 우체국에 와서는 우표를 사며 소포를 보내고 있었다. 우리의 백제사 삼중탑 사적 앞에서처럼 사진을 찍고 나온다.

일본 왕실에서 세운 구다라스百濟洲의 '특별사적特別史籍 백제사적' 이렇게 쓰여진 공원도 세워져 있다. 옛날 백제사라는 사찰 터전에서 2005년부터 백제사 유적 발굴조사를 계속하고 있으며 꼭 우리나라 여느 사찰에 와서 서 있는 것처럼 산사에서 이는 바람에 마음의 평안이 깃든다.

百濟 郵便局에서

넋은
'百濟 郵便局'
이름표 달고
일본 땅에 서 있다

숱한 사람들 총총히
편지를 보내는데
물끄러미 보고만 서 있는
외로운 사슴이여
어미를 애타게 기다리며
파도에 조각배 띄워 본다

오지 않는 답신은
오사카 빈 하늘에
바람 되어 떠다니고
바람결에 엄마 음성 실려오려나
행여 꿈에라도 잡은 치마끈
놓지 않으련다

후시미 이나리대사에서

한국에서 건너온 우리 일행을 맞으려고 후시미 이나리대사大寺에 일본 고대사의 태두 우에다 마사아키 교토대 명예교수님이 오셨다. 1월에 댁을 방문하였을 때보다, 양복을 입으시니 87세인데도 훨씬 더 젊어 보인다. '부디 장수하셔서 일본이 진실을 말하지 않는 백제문화의 진실을 밝혀주셔요' 라고 마음 속으로 빌어 본다.

백제 역사의 진실을 밝혀 온 양심적인 학자가 있는 한 일인들의 악랄했던 한국 침략을 사죄하는 용기도 보여줬으면 한다.

교토시를 벗어나 한적한 시골의 작은 마을의 교수님 댁을 찾아갔을 때 일본의 전통복인 기모노를 입으시고 하나 하나 설명해 주었으며, 차를 내오는 사모님의 모습도 평생 학자를 모신 다소곳함이 금방 시집온 새색시 같았다. 서재에는 많은 책들이 책장에 진열되고도 넘쳐서 다다미 바닥부터 쌓여 있는데 저 책들을

어떻게 찾아서 보실까 하면서 무척 걱정되기도 하였다. 정원의
작은 사당에는 벼를 이삭 그대로 새끼줄에 매달아 놓은 그 옆에
정초에 일본 황실에서 열리는 시가대회에서 장원을 하였던 세계
평화를 염원하시는 우에다 박사님의 시가가 비석에 새겨져 서
있다.

山川も草木も
人も共生くいのち
かがやく新しきよに　－上田正昭－

산도 시냇물도 풀도 나무도
사람과 공생하며
목숨이 새 세상에 빛나리　－우에다 마사아키－

▲ 우에다 마사아키 교수의 정원에 세워진 '황실시가대회 장원시비' 옆에서

이나리대사에서
한신인장무韓神人長舞를 관람하다

어디를 가나 신사 앞의 상점에는 그 나라 고유의 인형들이 즐비해 있다. 우리나라 십이지간지의 띠를 말하는 것 같은 일본의 올해의 상징은 고양이란다. 웃고 있는 고양이는 웃는 듯 지긋이 눈감은 듯 윙크하는 야릇한 모습이 꼭 웃음 뒤에 숨겨진 그들의 속마음을 알 수 없듯이 어쩌면 저리도 주인을 닮았을까.

특히나 동물을 좋아해서 고양이를 애완용으로 기르는 서양 사람들이 줄지어 서서 사고 있다. 기발한 상술에 또 한 번 우리를 놀라게 한다.

같이 간 기정이는 고양이 한 쌍을 귀엽다며 사는데, 나는 아들이 조교를 하며 대학원을 다닐 때 오피스텔에 과일이랑 음식을 들고 가 보니 하얀 페르시아 고양이를 키우고 있지 않은가. 지독한 오줌 지린내와 빠진 털로 눈을 뜰 수가 없었다.

거기다 무엇을 둘 수도 없는 강아지는 씽크대 위에 올려놓으면 헤집지 못하지만 이놈은 높은 곳에는 더욱 잘 오르는, 이건 속수 무책이다.

어느 날 가 보니 책장 위 맨 꼭대기에 앉아서 빤히 내려다본다. 이놈도 무료했던지 창밖의 에어콘 실외기 위에 앉았다 미끄러져 다리를 다친 놈을 의료보험도 되지 않는데 큰돈을 들여 깁스를 해 주었기에 엄마가 아프면 그렇게 하겠느냐며 나무라니 고양이 한테도 해 주는데 엄마한테 해 드리지 않겠느냐 하기에 웃고 말 았던 생각을 하며 신사를 오른다.

한신인장무라는 춤은 11월 궁중 제사 때 하는 제사춤 행사인데 *우에다 마사아키 교수님이 특별히 우리 일행을 위하여 궁사에 게 부탁하여 무녀들이 춤을 선보인다. 신라선新羅綿을 제사 모시 는 벼 이삭들이 수놓아져 있으며 백제에서 건너간 벼를 봄에 황 궁 논에다 심어 가을에 추수하여 한신을 불러 춤추는 한신인장 무 춤이다.

운 좋게도 우리와 함께한 외국인들도 춤사위를 볼 수 있었다. 무녀들의 손에 부채가 들려 있는 우리의 고전 무용의 한 단면을 상상해 보는데, 마유미 궁사는 자신이 입고 있는 하얀 신관복 신 라 유후를 가리키며 신라선新羅線을 뜻하는 옷감이라고 스스럼없 이 말하기도 한다.

*우에다 마사아키(上田正昭) 교토대 교수님은 일본 극우파들로부터 목숨의 위협을 받으면서까지 역사를 연구하고 계신 분이다.

한신인장무韓神人長舞

아지메 오오오오게
한신 불러다
삐죽이 잎 파르르
방울 울리고

직박구리새
고향 그리워 하늘 오르는
푸드득 꼬리 쳐든
춤사위도 멈췄구나

이나리산 자락
조선의 벼는
일본 땅 낯설어
다소곳이 고개 숙여
낯가림하고 있다

오사카를 지키는 스미에 대신大神은 한반도 신라 땅에서 이즈모 땅으로 건너왔다고 한다. 태풍을 일본 열도에서 잠재우고 한반도엔 오지 말게 해달라고 해신海神에게 빌고는 쇼핑을 마치고 내렸던 장소에 가서 버스를 찾으니 없어졌다. 가이드에게 '쇼핑

▲ 한신인장무 추는 장면

구' 하고 오겠다고 분명히 말해 두고 갔는데……, 현지 가이드는 벌써 3번째 우리를 안내하고 있는데, 그런데도 한국어를 한 마디도 구사할 줄 모른다. 좀 멍청한 사람이 아니고선 가이드를 하면서 한국어를 배우지 않는 것은 이해도 안 가지만 한 편으론 묘한 기분이 든다.

지서에 들어가 "와타시노 시리아이가 간코쿠카라 로밍 시데 기마시타. 가레니 뎅와오 가케루 호우호우와 난데스카?" 하고 물어도 도대체 엉뚱한 번호만 알려준다. 마음은 조급하고 패스포드를 보여달라 하기에 보여주고 있는데 마침 홍 교수님 사모님이 우리를 찾아와서 만났다. 다음부터는 로밍해 간 번호로 국제전화 거는 방법을 꼭 적어 가야겠다.

동대사東大寺

   고대 백제인을 주축으로 신라인과 고구려인들이 뜻을 모아 남긴 결실이다. 그 대표적인 세 분의 성인은 구다라인(百濟人) 행기 큰스님과 양변良弁 큰스님, 신라인 심상대덕 큰스님이다. 심상대덕 스님은 의상대사의 제자이며 불경을 만든 사람은 백제인 국공마려國公麻呂이다. 도소화상 문화에서 금식과 수련 익혀 거리에서 광야에서 헐벗고 굶주린 자 위해 보시옥布施屋을 지었으며 가뭄에 도랑을 파주고 다리를 놓아 주며 세계 최대의 금동불상을 이때 만들었다.

   특히 일본 나라지방에 우뚝 선 세계 최대의 비로자나대불 높이는 16미터가 넘는 거대한 불상이다. 백제인 행기스님은 일본 최초의 대승정으로 왕실에서 모셨다. 또한 쇼무천황은 행기스님 앞에서 머리를 깎고 출가하면서 왕위를 장녀 고겐여왕에게 양위했다.

　이 웅장하고 장엄한 불상을 우리 조선인들이 세운 것이지만 지금은 자기네가 만든 것이라고 세계 관광객들에게 떠들어대며 자랑하고 있다. 부처님 앞에 무릎 꿇은 저들은 누구에게도 하지 못한 내면의 사연들을 이 금동불상 앞에 쏟아놓으면서 위안을 찾는 모습이다.

　이곳에 모셔져 있는 불상은 워낙 커서 해마다 8월 7일에 거행되는 연중행사 어신 닦기는 옛날 우리의 명절 때 놋그릇인 제기 닦는 것 같은 큰 행사다. 약 250명의 승려가 이른 아침부터 대불전 천장에 둥근 볏짚의자를 새끼줄로 줄줄이 매달고 부처님 어신 닦기야말로 구경거리여서 여느 때보다 관람객이 많이 붐빈다는 동대사를 내려오는 마음이 쓸쓸하다.

도다이지(東大寺)

백제 자손 행기스님이시여
혜기법사 문화에서 유가유식론 배워
도소화상 문화에서 금식과 수련 익혀
거리에서 광야에서
헐벗고 굶주린 자 위해
보시옥布施屋 지었다네
백제와 신라의 숭고한 정신으로

가뭄에 도랑 파고 다리 놓아주는
당신의 큰 뜻 따르는 자 수천 수만
옥리도 감화되어 조정에 알리니
쇼무왕도 감동하여
삼세일신법三世一身法 제정했네
세계 최대의 금동불상 세웠는데
행기스님을 중국 사람이라 바꿔 버리는

너희 나라 교토대
우에다 마사아키 교수님마저도
대승정 사리병기 진실을 보라 나무라신
구다라강 다리에
백제대교百濟大橋라 쓰여진
철판 글자가
껄껄 웃고 서 있다

　우리의 얼이 담긴 동대사를 아쉬운 채 남겨두고 도착한 식당 앞에 마주보이는 교토역(京都驛), 교토극장(京都劇場) 앞에서 맞은편에 서 있는 교토타워를 보고, 도쿄라고 착각을 하고는 나는 심장이 멎는 줄 알았다.
　도쿄대학 일본 문부과학성 장학생으로 와 있는 나의 분신이 있기 때문이다. 그쪽 하늘을 바라보니 피붙이 살내음이 가슴에 아려오는 아픔에 정신이 혼미해 온다. 이럴까 저럴까 전화를 하려다 말고 괜스레 마음만 어지럽힐 것 같아 돌아서는 발길이 몹시 무겁다.

'끼니 거르지 말고 부디 몸성히 지켜 달라' 는 기도를 나의 신께 드린다.

> *일본 문부과학성 장학생 : 일본 정부에서 생활비까지 주면서 공부 시켜 주는 제도.

▲ 일본 속의 백제 유적지를 찾아 떠난 학술조사단의 일원이 되어

히라노신사

새끼로 꼬은 금줄이 쳐져 있고 양쪽에 등燈이 두 개 매달려 있는 정문에 신사 내부를 지키는 고마이누(고구려의 개)가 떡 버티고 서서 악귀를 막아주고 있다. 아키히토 천황이 백제의 후손임을 인정했듯이 이제 일본 황실의 히사히토 친왕 아기왕자가 태어났으니 이 얼마나 기쁜 일인가? 일본 여러 신사에서는 소학교에 들어가기 전에 신사에 가서 악귀를 물리치고 잘 자라라는 기독교 유아세례 의식을 받는 것과 같은 행사를 치르는 신사다.

이 히라노신사에서 우리 백제의 피가 흐르는 히사히토 아기왕자가 악귀를 막아주는 의식을 여기서 치렀단다. 묘한 축하의 마음이 생긴다. 지금도 일본 황실에서는 한신韓神을 불러 '아지메 오오오오게' 하며 삐죽이 나무에 방울을 달아 무녀들이 흔들며 제사를 지낸다. 이노우에 미쓰오(いのうえみつお) 교토 산업대 고대문화연구소장이 오셔서 이 사실을 하나하나 증언하면서 설명

해 주신다. 이노우에 미쓰오 교수님은 조선인이 철기문명을 전
수傳授하지 않았다면 일본은 100년이나 뒤처졌을 거라며 도쿄 산
업대학에서 자신 있게 가르치고 있다고 하는 말씀을 감명 깊게
듣고 발길을 옮긴다.

히라노신사(平野神社)에서

백제의 혼 남기려
신사를 지었네
붉은 등은 금줄을 밝혀주며
사당을 지킨다
아버지 히로히토 왕도
성왕의 신주 앞에
엎드려 절을 올리고

그들의 몸속에
백제의 뜨거운 피 뭉클해 오는데
아키히토 아들 왕도
내 속에 백제의 피가 흐른다며 증언하는
히사히토 친왕 아기왕자도
세세토록 일 왕실에 이어져 흐른다

히라노신사의 고마이누도
허허허 웃으며
두 나라 손잡고 천년을 살라 하네
자자손손 살아가라 하네

▲ 히라노신사 내부를 지키는 '고구려개'(고마이누). 일본의 신사마다 중요한
사당은 악귀를 쫓는다는 고구려견의 고대 조각 작품들이 배치돼 있다.

오사카성(大阪城)에서

‘울지 않는 새는 울려야 한다’ —도요토미 히데요시.

이런 자신감으로 우리나라를 침범한 도요토미 히데요시(풍신수길)가 오사카성을 만들었다. 난바역에서 오사카성으로 가는 전철은 5개 노선이나 되는 복잡한 역이다. ‘무카시 바나시’로 조금 공부했던 일본어로 노선을 물어 전철을 타서 바꿔 타고 오사카성에 갔다. 성에 도착하니 16년 전에 왔을 때 그대로다. 보존의 의미에서일까 일본으로서는 우리나라 이순신 장군만큼 업적이 대단한 저들의 영웅 도요토미 히데요시를 모신 역사의 서늘한 기온이 성벽을 흘러 내리고 있다.

그런데 노숙자들은 천막이 세워져 있는 이곳에서 몇 년째 살아간다고 한다. 이 나라 정부에서는 널브러진 천막의 처진 모습 그대로를 관광객들에게 보여주고 있다. 풍요 속에서도 빈곤이 있다는 걸 자본주의의 한 단면을 보는 것 같지만 노골적으로 이러

한 진풍경을 정부가 간섭하지 않고 관광객에게 그대로 보여주고 있다는 오만이 내심 증오스럽기도 하다. 타워에서 내려다보는 전경이 장관이었지만, 이곳은 우리에겐 가까우면서도 먼 나라 일본임을 실감케 한다.

침략의 흑심을 품고 조선에 쳐들어왔던 임진왜란. 죽을 때까지 최고위 직위를 지냈다는 도요토미 히데요시를 만나 왜 남의 나라를 탐했는지도 따져 보고 싶다. 내려올 때는 엘리베이터를 타지 못하게 하는 철저한 관리며 에너지 절약 시책인가.

일행 중 일부는 내려와 쇼핑을 하겠다며 먼저 가고, 성에 갔다 오는 일행을 기다렸다가 모두가 다 모여서 난바역 비꾸비꾸 카메라를 눈에 익혀두고 갔던 길을 더듬어가며 돌아왔다. 출입구가 너무 많아서 올라가 보아도 난바역 7번이 아니다. 다시 내려와 결국은 관광안내소의 도움을 받아 겨우 출구를 찾아냈다.

그런데 김태호 선생님이 오시지 않았다. 한자도 아시니까, 별 걱정을 하지 않았다가 시간이 되어도 오시지 않으니 얼마나 걱정이 되는지 꼭 오사카성을 보겠다고 하였는데 이런 낭패가, 선생님은 뭐든지 잘하신다고 생각한 데서 이런 일이 벌어졌다.

홍 교수님의 전화번호도 알고 있으니 역에 오서서 전화라도 하리라 믿었는데 호텔에 가 계신다기에 한 편 안도하였으나 너무도 죄송스럽다. 다행히 오사카성은 보고 오셨단다. 전문 가이드가 아닌 내가 장님이 장님을 안내한 꼴이 되고 말았다.

귀무덤

사각사각

시퍼런 칼날에

베이는 소리

하늘에서 눈이 보고

하늘귀가 듣는다

삐죽이 나뭇잎 사지를 떨며

한신韓神을 불러 아뢴다

도요토미 히데요시의 만행을

까마귀 날개에

낱낱이 죄목을 적어

하늘에다 띄워 보내련다

*임진왜란 때 조선사람 30만명의 코와 귀를 베어 일본에 갖다 묻었
 다는 잔혹한 무덤이 교토에 있다.
*그 당시에는 까마귀 날개에 사연을 적어 보냈다고 함.

오사카의 왕인박사의 묘지

왕인묘에 도착하니 이미 해는 서산에 기운다. 두 손에 받쳐 든 팻말하며 석상 발 아래 정화수井華水 한 사발 떠서 받쳐 든 석상 등燈이 있는 우리나라 가족묘지 같다. 일찍이 일본 땅에서 이렇게 조선의 왕족을 이루고 살았다니 가슴 뿌듯하다. 넓은 가족묘지엔 그때도 일본에는 천주교가 들어와 십자가가 세워져 있는 묘도 있다.

한 옆엔 귀쑥이 꽃피어 있어 꺾어서 서울대 이응백 명예교수님께 보여 드렸더니 어릴 때 생각이 난다며 무척 좋아하신다. 교수님은 83세 되신 분(2008년 당시, 2010년 3월 별세)이시며, 허리가 구부정하여 우리가 옆에서 부축해 드리는데 계단을 오르실 때마다 '어이싸 어이싸' 하시면서 부축해 드리는 우리를 기쁘게 해준다. 손놀림이 둔해져서 세밀한 전자 카메라와 핸드폰을 작동할 때는 볼펜으로 꼭꼭 눌러 사용하는 슬기로운 분이시다.

이곳에 어릴 때 밭두렁에 이른 봄 고개 내밀고 나왔던 그 귀쑥이 얼굴을 쏙 내민다. 찰져서 송진으로 떡을 만든 것같이 쫀득쫀득하여 엄마가 즐겨 쑥떡을 해 주었던 그 귀쑥이 여기 백제 무덤에 우리의 기상을 우뚝 세워 자라고 있다.

왕인박사는 천자문과 논어를 들고 일본에 와서 백제의 문자문화를 오진왕의 제4왕자에게 가르치며 그를 닌토쿠왕으로 키웠다. 사실은 오진왕은 백제에서 일본에 건너온 곤지왕자였다. 이곳에서 살았으나 영원한 이방인 되어 오늘 쓸쓸히 누구 하나 돌보지 않은 채 서 있다.

비석 앞에 서울 상명고등학교 학생들이 바치고 간 무궁화 꽃만이 왕인이 백제인이라는 것을 알리며 우리를 맞아준다.

간간이 다녀가는 한국의 여행객들이 그의 무덤을 찾는다.

▲ 왕인박사 묘역 '박사왕인지묘' 라는 묘비가 서 있다.

왕인박사 묘 앞에서

어스름 해질녘
왕인묘 찾아오니
빗돌 앞 무궁화
수줍은 인사하네
백제의 문물文物
일본 땅에 가르쳤던
거룩한 한국인

돌보는 이 없는
당신의 비석 앞에
상명고 학생들의 정성어린
무궁화 꽃 바쳐졌네

간간이 들려오는
한국 사람 여행객의
발자국소리
그대 찾아오는구나

백년 가고 천년 가도
언제나 이방인異邦人

빛나는 우리 문화
일본땅에 심으셨네

난파진가

난파진에는
피는구나 이꽃이
겨울 잠자고
지금은 봄이라고
피는구나 이꽃이

*난파진가 : 왕인박사가 처음 일본에서 지어 불렀다는 노래.

기타노텐만궁

이 궁에는 신라신神 소잔오존의 황소의 신상이 길목마다 즐비하게 서 있다.

일본 신도에서 소의 머리인 우두牛頭는 신라신神 소잔오존의 존

▲ 신라신 소잔오존의 황소신상 앞에서

칭이며, 강원도 춘천의 우두산에서 전해졌다고 한다. 일본인들은 이곳에서 '스가와라노 미치자네' 라는 한국인을 누구나 학문신으로 떠받들고 있으며 자녀들을 위하여 손을 모으는 모습들은 여느 우리들의 어머니와 같은 자세이다.

기타노텐만궁 한국 학문신神 큰 사당

꼭 우리의 홍살문 같다
입구부터 신라의
내음이 물씬 풍기는
이즈모지방 사람들의 A형 혈액과
경상도지방 사람들의 A형 혈액의
분포율이 거의 똑 같은
신라 화랑의 혼이
여기에서 자라고 있었구나
아들의 공부가
무사히 끝나도록
신라신新羅神에게 간절히 기도 드린다.

스다하치만신사

신사에 있는 인물화상경은 백제 무령왕이 일본의 아우인 게이타이(繼體) 천황의 장수長壽를 바라시며 보낸 청동거울이다. 운 좋게도 거울을 홍윤기 교수님과 최고 신관인 데라모토 궁사의 특별한 교분으로 직접 만져볼 수 있었다.

▲ 백제 무령왕이 만든 백제왕실 청동거울 '인물화상경' (사진 왼쪽), 지난 2007년 1월 12일 스다하치만신사에서 '인물화상경'을 들고 있는 홍윤기 교수와 흰옷을 입은 데라모토 요시유키(寺本嘉幸) 궁사.

 여자여
너를 대접하라

일본 황실에서는 미명에 장작불을 지펴놓고 봄에 황실 안에서 벼를 심고 가을에 추수하여 제사를 지낸다고 한다.

지금도 황실에서 숭능을 마신다고 하며 벼는 천황의 상징이며 신상제 제사에 쓰일 벼를 정중히 고르고 '아지메 오오오오게' 이렇게 한신韓神을 모셔 초혼가를 불러서 제사를 지금도 아키히토 일본 천황이 모시고 있다고 한다. 백제 곤지왕자는 게로왕의 둘째 아들로 일본에 건너갔다. 곤지왕자가 일본에 처음 들어가 백제 불교가 포교되었으며 스다하치만신사도 이중 하나의 사당이다.

미시마 무명천을 어깨에 걸고 "한국의 신이여 이리 와 살펴봐 주세요"라는 한신 축문을 부른다. 일본 황실의 제사는 아키히토 천황의 누님이 제주가 되어 지금까지 행하여지고 있으며 오사카 사천왕사四天王寺에는 성덕태자의 신주를 모시고 있다.

백제 혼 서린 우리 칠지도
이소노카미신궁에서

새끼로 꼬은 금줄과 고마이누(고구려개)가
이소노카미(石上)신궁 사당을 지키고 서 있다
백제 피가 흐르고 있는 일본 왕궁에서
마침내 천황의 대를 잇는 귀한 왕손
'히사히토친왕' 귀여운 백제 왕자 태어났다

백제 화신립 황태후 히메신을 모시고
백제의 혈통이 세세토록 이어가는 일본 왕실
우리 겨레의 흔적을 그대로 담고 있다

칠지도에 완연하게 새겨진 진실을
역사의 자국을 누가 부정하는가
백제의 피가 끈적거리고 있는데

일본의 국보가 된 칠지도七支刀에서 파내 버렸다는

네 글자 자리 저 아픈 상처 자국을

'백제대왕百濟大王'이란

네 글자 지운 자 누구인가

　*칠지도는 백제 근초고왕이 왜나라에 살고 있는 백제인 후왕侯王에
　게 하사한 보도寶刀이다. 신보 칠지도의 글자들 중에서 일제가 파내
　버린 네 글자는 '百濟大王'이었다는 설이 있다.

▲ 한국인 후손 '스가와라노 미치자네' 신주 모신 기타노텐만궁 정문 앞에서

다카이시신사

왕인박사님
당신의 사당에
고마이누가 지키며 서 있네요
천자문 가져가 눈 뜨게 해주고
아무리 왕 대접 받아도
백제 땅 그리워
'난파진에는 피는구나 이 꽃이
겨울 잠자고 지금은 봄이라고
피는구나 이 꽃이' 라는
망향가를 불렀다지요
그 흔적 다카이시신사
오중탑 천정 상량나무에
낙서로도 한을 남겨 놓았다지요

▲ 왕인사당 다카이시신사의 입구를 지키는 개 형상의 '고마이누'(고구려의 개).

당신이 지은 이 와카가
전 세계 시문학에
시가문학으로 자리매김하고 있는데
우리의 옛 시조도 전하지 못한
부끄러운 걸음이 발을 감춘다

나라시 사이다이지(西大寺)

일본의 진언종 총본산이기도 하며 불화십이천화상을 일
반인에게 절대로 공개하지 않기 때문에 외국어대 홍윤기 교수님
께서 카메라로 찍다가 스님이 저지하여 스님의 손톱이 찍혀 화

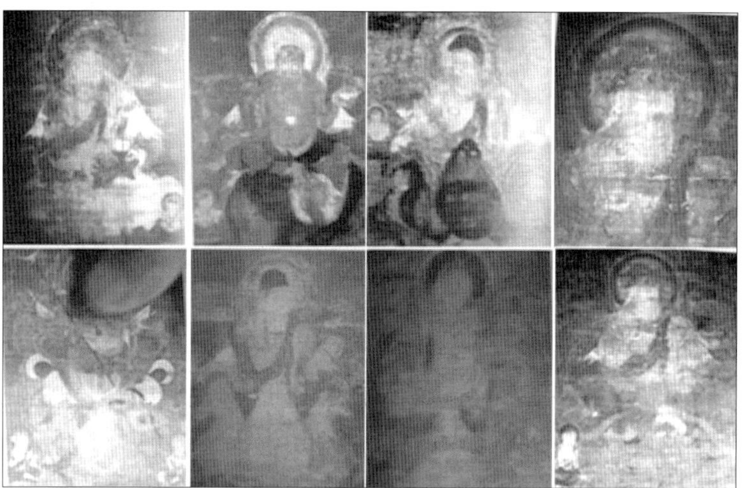

▲ 일본의 국보로서 세계적으로 유명한 〔불화십이천화상〕 그림들

면에 나와 있는 사진도 있다.

맞은편에 백제에서 건너간 여승들이 있었던 백제니사百濟尼寺가 화재로 소실된 동탑의 자리가 얼마나 웅장했던 자리인지를 석축으로 가늠해 보며 경내를 걸어본다.

우리 땅 걷기로 청도 운문사에서의 밤 3시까지 잠을 설치며 기다렸다가 새벽 예불에 일백 명이 넘는 여승들의 터질 듯한 뺨에 흐르는 도량을 보며 저리도 예쁜 자태로 속세를 떠날 수 있었을까 하였다.

어리디 어린 여승들과 미명에 예불을 드렸던 기억이 되살아난다. 여왕이 와서 목욕하였던 욕대浴臺가 그대로 보존되어 있고, 법화사의 불상은 자비를 베푸시고, 특히 병을 물리치고 제물을 주신단다.

그런 자비의 오른팔이 길어져 있는 게 특이하게 눈에 띤다.

나시쓰쿠리베틀 유적지에서

섬나라 일본에는 본래 베틀이 없었으며 백제로부터 전해 졌다고 하는 이곳을 둘러본다.

나시쓰쿠리베틀

베틀 위에 들줄 날줄 만나는 잉아
구다라에 보쌈 당해 온 베틀아
풀어 감은 실꾸리에 잉아가 들락날락
베틀베틀 사랑가 풀리기도 서러운데
시렁시렁 짜인 실 찬바람 막아줄 비단이어라
베틀가에 설움 달래
칠월 칠석 언약한 님 그리며
들줄 날줄 잉아가 울어옌다

2부

일본 속 하우스 텐 보스로/ 이브스키에서/ 나가사키에서/ 헤이와코엔에서/ 운젠온천에서/
후지산에서

일본 속 하우스 텐 보스로

일본 최남단 미나미로 신칸센을 타고 끝없이 달리는 겨울 바다, 유자가 노랗게 매달린 과수원 길을 남으로 남으로 저 멀리 산들이 꿈틀거리는 길을 따라 하우스 텐 보스를 향해 달린다. 자갈, 돌, 유리까지도 화란(네덜란드)에서 가져와 지은 하나의 유럽을 옮겨다 놓은 것 같다. 이곳에서 안데르센 동화 속의 주인공이 된 것처럼 잠시 환상에 빠져 든다.

좁은 섬나라에서 세계를 집어삼키려 계획하고 만든 하우스 텐 보스다. 원초적으로 사람은 침략의 야성을 갖고 태어나나 보다. 해가 지지 않는다며 세계를 손아귀에 넣고 영역을 넓혀 갔던 영국도 남태평양의 피지, 남카리브해의 세인트 루시아 섬 등을 지배해 오다 마지못해 독립이라는 명칭을 달아 내놓는 약육강식은 동물에게만 있는 것이 것일까.

동물은 배가 부르면 욕심을 부리지 않는데 사람의 욕심은 끝간 데 없는 허욕의 덩어리인가 보다.

여기는 마치 네덜란드에 온 것 같은 착란에 빠진다. 입국하여 여장을 풀고 그 안에서의 일정대로 오페라, 가부키(일본연극)를 관람도 하였으나 인공으로 꾸며진 이곳은 잠깐의 눈요기일 뿐이다. 아무리 유럽처럼 꾸며놓아도 문득 갇혀 있는 기분이 들어 출국을 시도하여 몇 시간 버스를 타고 백화점을 찾아간다. 내의라면 여자들은 감촉이 좋은 일제를 한두 벌은 갖고 싶어 하는데 저렴한 가격으로 마음에 드는 것을 쇼핑하는 것도 삶의 일부다. 자주 속옷에 눈길이 머물고 손이 가는지, 이번에도 따뜻하고 부드러운 느낌의 내의를 골랐다.

돌아오는 버스에는 일본의 젊은이들이 많이 탔다. 우리의 에버

▲ 나가사키역 앞에서

랜드에 가듯 하우스 텐 보스에 입국하여 유럽을 느끼게 하고 더 넓은 세계를 꿈꾸게 한다.

다음날도 눈이 펑펑 내려 어디를 갈 수도 없다. 우리 나라에서 눈이 오는 겨울은 낭만을 느끼게 하고, 젊은 날에 데이트하던 곳을 떠올리는 유일한 나만의 시간이었다.

미국 시인 에드거 앨런 포(Edger Allan Poe, 1809~1849)는 13살 연하인 사촌 여동생이며 아내인 버지니아를 잃고 《에나벨라리》(천사도 그들의 사랑을 질투한), 《검은 고양이》(완전범죄는 없다는 것을 말하는 추리소설) 등 수 많은 걸작품을 남겼는데, 왜 이리 초조해지며 불안해지는지 어릴 때 엄마와 화상을 입고 누워 계신 이모를 뵈러 갔을 때 엄마는 장에 갔다 오겠다 하고는 무슨 바쁜 일이 있었던지 나를 데리러 오지 않았던, 몹시도 부엉이가 울었던 그 밤에 이모의 앓는 신음소리가 들렸던 그런 밤처럼 눈 내리는 밤 저 멀리 수평선은 더욱 나그네를 밀어낸다.

다음날도 눈이 내려 갇혀 있는 말 그대로 일본 속 네덜란드다. 풍차가 그려진 찻잔을 사들고 돌아오는데 호텔 현관이 너무 미끄러워서 넘어졌다. 당장 그 화란에 있는 병원으로 후송되어져 간단한 치료를 받고 다음날 출국할 때도 선착장까지 연계하여 휠체어로 안전하게 승선을 시켜주는 그들의 서비스 정신에 나는 무엇을 배워 갈까.

하우스 텐 보스

네덜란드 베아트리스 여왕이 되어
램브란트 화폭 속을 호젓이 걷고 싶다
라스트 사무라이 검의 절제 속에서
후쿠자와 유기치의
한 자루 붓과 세 치의 혀로
문명개화를 일군 이 작은 화란에
나그네의 발도 묶이고
저녁놀에 갈매기도 나래를 접는다

▲ 일본 속의 네덜란드, 하우스 텐 보스 광장에서

이브스키에서

호텔 목욕탕 바닥에다 모래를 깔아놓고, 바닥에서 김이 나
오게 하여 삽으로 모래를 덮어주고는 파라솔까지 씌워준다. 꼭
여름 태양이 작열하는 바닷가 같은 기분이 들게 꾸며져 있어 우

▲ 스나무시에서 모래톱 사이로 김이 올라오는 열기로 찜질을 하며

리는 여름 바닷가에서 모래찜질을 하는 착각에 빠져 들었다. 하물며 사진까지 찍어 주는 기발한 아이디어로 돈을 번다.

겨울인데도 꽃잎에 눈이 내려도 금방 녹아 버리는, 노천탕 둘레에도 꽃이 만발해 있다. 환하게 핀 꽃들이 벌거벗은 여인들을 엿보고 있는 겨울 속 봄이다.

유리온실에서는 애벌레에서 고치를 만들어 성충으로 성장하고 다시 그 고치를 뚫고 나온 수많은 나비가 날고 있었으며 자연을 거스르지 않기 위해 증기기관차가 정상까지 운행된다.

꽃이 만발한 한겨울의 '하나코엔' 에서 결혼식을 올리는 저들에게 부디 허리가 구부정할 때까지 서로 지팡이 되어 살아가라 빌어주는 발 아래 파도는 자분자분 걸어와서 산허리를 안는다.

스나무시

모래톱 사이로 김이 모락모락
스나무시로 산후병 날려 보내고
여름 해변 모래찜질을 관광화시킨
일본인들의 지혜에
이름 모를 꽃들은
낯선 땅에서 벌거벗은
나그네 선녀들을
엿보고 있다

나가사키에서

하우스 텐 보스를 만들어 놓고 세계를 집어 삼키려 했던 저들이 평온한 휴일 아침에 진주만에 가미카제 특공대로 폭격을 하였던 대가로, 나가사키의 헤이와코엔(평화공원)의 원폭에 희생된 내 나라 내 혈육이 잠든 영혼들의 명복을 빌어 드리며 누구를 위한 전쟁이었던가. 약소국의 설움이 서성대는 공원을 나와서 늦은 점심을 찬합에 담긴 도시락으로 먹는데 미소시로(맑은 된장국)를 더 달라 하니 추가로 돈을 내야 된다고 한다.

우리의 식당에서는 리필이 무한정 나오며 먹고도 남아서 버리는 낭비를 비꼬는 듯 미소 띤 저들의 얼굴 뒤 숨겨진 절약정신에 호되게 맞은 기분이다.

그러나 문화 차이에서 오는 교훈에 앞서 이질감에서 오는 서먹함 때문에 씁쓸한 진풍경이기도 하다.

헤이와코엔에서

가미카제 특공대
진주만의 한 줌 재로 산화된
안동, 밀양, 거창, 남해
피지도 못한 넋들이
명패 안고 우리를 기다린다
나라 잃은 조선의 아들들아
누구를 위한 가미카제 특공대란 말인가

방사능에 노출될 때 목말라
얼마나 몸부림쳤던가
그 갈증 이 샘에 씻어 버려라
아리랑 아리랑
어머니를 그리다 고향을 찾은
조선의 호라(나비)들이여
마음껏 하늘 높이 날아라

*호라 : 안동을 배경으로 촬영하여 상영된 한일 합작 영화.

운젠(雲仙) 온천에서

'나라야마 부시코'
선조가 살고 있는 낙원에 가는 길
지게등짐 이리도 가벼울까
태어날 손주 위해 입 하나 덜어주려
생이빨 절구통에 부러뜨려

피 흘리며 광대 놀음한 어머니
아들 등에 업혀 솔잎 따서 뿌려주며
허리춤에 주먹밥 매어주고
낙원에 홀로 앉아
아들 가는 길 안녕을 빈다

어머니 홀로 두고 험한 산골 내려올 제
발톱 빠져 아파올 때
내 아비도 할머니 등짐지고 가셨던 그 길
나도 걸었네

*나라야마 부시코(楢産節考) : 아카데미 5개 부문의 상을 휩쓴 우리의
고려장 문화와 같은 풍습의 영화.

후지산에서

후지산(富士山, 3776m)을 오르는 길은 마치 뱀 한 마리가 꿈틀거리듯 하여 운전 경력의 노련함이 필요한 곳이다. 걸어서 등반하는 사람들도 꽤 있었는데 정상에 오르기까지는 대단한 인내심이 필요한 산행이어야만 한다. 제대로 후지산의 정취를 만끽하려면 도보로 하는 등반이 추억의 깊은 맛을 더해 줄 줄로 안다. 시간과 연륜의 이유로도 그렇게 할 수 없는 환경이었다.

다행스럽게도 기사 아저씨는 카레이스라며 쉬는 날에는 카레이스 경기에 참가하면서 취미생활을 확실히 즐길 줄 아는 멋쟁이 아저씨다. 그러니 아슬아슬한 곡예 길을 안전하고도 아주 편안하게 손님을 모시는, 또 다른 여행의 묘미를 우리에게 선물로 안겨준다. 산을 오르는 경치는 꼭 열대우림 속을 지나는 것같이 나무들이 구름을 이루는 장관이다. 지네들의 산에 나무를 보호하기 위해 우리나라 나무를 모조리 베어서 벌거숭이로 만든 이들의 악랄함을 약자의 서러움이라 치부해 버리기엔 가슴이 헛헛하다. 지나간 역사는 없었던 일인 양 미국인과 한국인 모두가 관광을 즐기고 있다.

식사 때 일본 사람들은 본래 식사량이 적으냐고 물으니 아니란다. 워낙 물가가 비싸 적게 먹는단다. 국가는 부자인데도 이들은 근검절약이 몸에 밴 것이다. 절약하는 것이 국력으로 작용한다는 진리를 몸소 깨닫는 그들이다. 동양의 오아시스라 불리는 산을 아주 잘 가꾸어 놓고 각국의 사람들을 부른다. 산 중턱에 큰 바다만한 '후지고코' 호수에 유람선을 띄워 관광을 시키는 자연을 자원으로 활용하는 저들의 지혜와 계획성이 왜 순수한 심성으로 와 닿지 않는지 나그네는 빈 하늘만 바라보고 서 있다.

▲ 후지산에서

후지산

아스라한 안개 속
좀처럼
속을 보이지 않는
마음을 알 수 없는
신비의 산
우리 이방인이 어찌
너의 속을 알랴

▲ 후지산 전경

3부

로렐라이 언덕에서

하이네의 시에서처럼 아름다울 것이라 잔뜩 기대를 하며 아름다운 강물 위 '구름 걷힌 하늘가에 고요한 라인강' 의 절벽을 찾아간다.

하이네가 감격했던 그 강물은 줄어들어 이젠 황량한 절벽만이 물 부족을 예고해 주고 있다.

창녕군 남지철교에 야음을 틈타 쳐내려오던 인민군들의 전차를 막기 위해 철교를 잘라야 했던, 그 절벽에 개나리가 만발하여도 낙동강물의 삼각지 회수 도는 절벽의 꽃을 바라만 보았던 그곳을 그리며 쓸쓸히 로렐라이 언덕을 내려온다.

루브르 박물관 앞에서

　박물관 앞은 관광객들로 인산인해를 이룬다. 일행 중 부인을 잃어버린 분을 남겨두고 현지 가이드와 같이 박물관에 들어갔다. 이탈리아 화가 '레오나르도 다 빈치' (Leonardo da Vinci, 1452~1519)의 대표작 〈모나리자〉 미소 앞에 사람들이 많이 붐벼 눈에 익은 그림인지라 스쳐 지나갔다.

　예수님상 벽화 앞에서 내 눈을 의심했다. 우리가 움직일 때마다 예수님상이 따라 움직이신다.

　몇 년 전에 발견하였다고 하며, 르네상스 3대 작가 '미켈란젤로'가 혼을 불어 넣은 벽화의 예수님이 움직이는 지금도 살아 계셔서 역사하신다.

밀레의 만종

평온한 전원의 두 손 모은 여인의 기도는 모든 이에게 평온을 가져다주는 잔잔한 내적 성찰과 하루를 되돌아볼 수 있도록 겸허한 여운을 남긴다.

어떤 흉악한 범죄자도 순한 양이 되게 만드는 저 그림을 보고 있노라면 어느 철학자의 격언보다 어느 시인의 시어詩語로도 다 담을 수 없는 평안함이 마음을 다스려 준다. 밀레(Jean Franois Millet, 1814~1875)와 루소(Henri Rousseau, 1844~1910)의 우정의 일화가 문득 떠오른다.

끼니를 거르고 땔감도 떨어진 냉방에서 지내던 밀레의 가족을 본 그의 친구 루소는 〈접목하고 있는 농부〉 그림을 다른 사람이 구해 달라는 부탁을 받은 것처럼 말하고 그 당시로서는 300프랑이라는 거액의 돈을 밀레의 손에 쥐어주었다.

몇 년이 흐른 뒤 밀레가 루소의 집을 찾아갔을 때 집을 비우고

▲ 밀레의 만종

없는 친구를 기다리며 그의 집을 둘러보다 낯익은 그림 한 점을 발견한다.

자기의 자존심을 지켜주었던 루소의 아름다운 우정이 밀레의 〈만종〉 등 오늘 루브르 박물관을 있게 한 원동력이 아니었을까.

세느강의 에펠탑에서

"미라보 다리 아래 세느강이 흐르고"라며 잔뜩 기대를 하며 세느강에 서 보니 거대한 우리의 한강과는 비교도 안 되며 좁다. 그런데도 얼마나 동경해 온 곳인가. 사람은 가 보지 못한 곳을 동경하며 꿈을 꾸고 있는 상상의 동물인지도 모른다. 이렇듯 내 옆의 귀하고 아름다운 것을 뒤로 한 채 때로는 허상을 좇아 떠도는 집시의 피로 떠돌다 가는 티끌일는지도 모른다. 한강의 기적을 일궈낸 위력을 실감하면서 세느강의 유람선에 오른다.

에펠탑은 1889년 프랑스 대혁명 100주년을 기념하는 만국 박람회의 얼굴로 만든 탑이다. 지금은 유럽의 상징이라고 제일 먼저 꼽히지만 처음은 "역사와 전통이 흐르는 파리에 높다란 천박스러운 철조물이냐"고 하면서 욕하던 소설가 '기 드 모파상'(Guy de maupassant, 1850~1893)은 그가 사람들과 약속을 하거나 식사할 일이 있으면 항상 에펠탑 2층에 있는 레스토랑에서 하였

 여자여
너를 대접하라

다고 한다.

　이렇듯 우리의 경부고속도로 포항제철을 건설하던 당시 정부에서 하는 일은 무엇이든 반대하고 데모 주동자였던 김문수 경기도지사가 대학에 들어갔었을 때 선배들이 레닌 서적을 주어서 읽고는, 그 사상으로 다 같이 잘 사는 세상으로 바꾸어 보려고 하고 있을 때 공산주의가 무너져 나는 어디로 가야 하나 하고 혼란이 왔었단다. 그 때 이 당 저 당을 기웃거려 보았으나 그것도 아니었다며 지금은 그때 본인이 한 행동에 사과를 하는 기사가 신

▲ 멀리 에펠탑을 등지고

문 한 페이지를 장식하였던 것을 읽은 적이 있다.

이 거대한 탑은 에펠회사의 직원 '모리스 쾨흘린'과 '에밀 누귀에' 이 두 사람이 파리에 300m짜리 건물이나 탑을 세우기로 계획하고 디자인한 것이라고 한다. 계약자가 귀스타브 에펠(Gustave Eiffel)로 되어 있어 그의 이름대로 에펠탑이라 이름지어졌고, 설계자의 이름은 묻혀 버린 계약자의 이름으로 재력의 위력을 실감하면서 우뚝 서 있다.

에펠탑 위의 할머니

입장료를 내었는데도 탑 위의
화장실 문 앞을 지키며 사용료를 받는다
어떤 이는 돈을 내고, 어떤 이는 할머니 몰래 들어간다
발 아래 세느강을 바라보니
철탑 위의 화장실 입장료를 다시 생각해 보게 한다
고고히 흐르는 강물은 자연 보호를
말없이 외치며 흐르고 있다

개선문

꼭 우리나라 독립문처럼 닮아 있다. 나폴레옹이 오스테를리츠 전투에서 승리했을 때 부하들에게 만들겠다고 약속했던 개선문이다. 1836년 완공된 문으로 전쟁에서 장군과 병사들이 이 문을 통과하여 입성했으며, 세계 1차 대전에 참전했다가 전사한 무명용사들이 이 개선문 밑에 묻혀 있다.

지금도 묘지의 불빛은 꺼지지 않고 매일 어두운 밤을 밝히며 조국을 위한 전사자들을 기리며 빛나고 있다.

나라를 위해 전사한 무명용사들을 이토록 추앙하고 있으며 그들은 프랑스어가 아니면 영어는 못 알아듣는 척 얄미울 정도로 그들의 언어의 위상을 높이고 있는 자존감을 알 것 같다.

몽마르트르(Montmartre) 언덕에 서서

테르트르 광장의 무명화가들이 초상화 한 장 그려주고 돈을 벌 수 있다는 것은 그들의 선배 고흐, 피카소, 모딜리아니 등이 이곳에 살았기 때문이 아니었을까.

고흐는 네덜란드에서 이곳까지 건너와 목사의 아들인 그가 얼마나 생활이 어려웠으면 자기 귀를 자르고 자살했을까. 죽고 나서 이름 석 자 남겼지만 오늘 각국의 관광객들이 찾는 이곳을 있게 한 무명으로 살다 간 예술가들에게 경의를 표한다.

모딜리아니의 탁월한 데생으로 리드미컬한 힘찬 선을 구상한 작품을 여행하고 10여 년이 흐른 뒤 동인들과 일산 전시회에 같이 가서 감상하니 더욱 감회가 새롭다. 이탈리아에서 건너온 모딜리아니는 이곳에서 활동하다 36세에 안타까운 죽음을 맞는다. 남편 모딜리아니의 장례식을 끝내고 다음날 투신 자살한 부인 에퓨테른느의 애절한 사랑은 어린 딸을 남겨둔 채 사랑한 남편의 뒤를 따른 그녀의 용기를 무어라 해야 할까. 자식들 때문에 따라가지 못하고 살아가는 수많은 엄마들은 그의 용기를 부러워하면서 쓸쓸히 살아가고 있다.

이 광장에는 유난히 노인 거지들이 많으며, 노인 거지를 돌보는 가정에는 정부에서 경제적 지원을 해 주고 있으나 그들은 그런 가정에 들어가길 싫어한다. 자유가 없기 때문에 나오는 연금으로 싸구려 포도주를 사 먹으며 거리에서 자유롭게 살아간다. 자유를, 예술을 사랑하는 그들의 낭만이 깃든 테르트르 광장에서서 감히 내가 쓴 시에 삽화를 그려 넣고 싶어 유화를, 수채화를 몇 년씩이나 화실에 가서 그려 보았다.

그러나 나에게는 한계가 있었으며 거실과 현관의 몇 점 액자에 담겨 나의 공간에 전시되고 있는 그림은, 화가 한혜경 선생님의 도움을 받아 완성한 그림들이다.

그 후 학원에 나가서 배워도 보았으나 나 혼자 완성할 수 없음의 한계를 깨닫고 놓은 붓은 화실에 몇 년째 잠자고 있다. 어느 날 문득 생각이 나서 그림 도구를 가져 오려고 전화를 해 보니 불황에 화실 문이 닫힌 채 '부ー부ー' 신호음만 울린다.

스위스

‘제네바협정’, 우리에게는 기적 같았던 이곳, 오리가 한가로이 떠다니는 호수 앞에 교포 식당 주인은 한국에서 부쳐 온 고춧가루로 김치를 담근단다. 그 김치로 요리한 김치찌개를 먹으니 그동안 지친 피로가 말끔히 풀린다.

중화요리처럼 세계 어디를 가든 우리의 김치가 보급되어졌으면 하는 바람을 해 본다. 찰리 채플린이 인간의 소외를 날카롭게 풍자한 〈The Great Dictator(위대한 독재자)〉, 이 한 마디로 스위스로 추방되어져서 이 호수에 떠다니는 오리마냥 자유롭게 살았다 한다.

시인 바이런이 쓴 〈쉬용성의 죄수〉 서사시의 주인공 프랑시스 보니바르는 제네바의 독립과 종교개혁을 주장하여 당시 사보이 공작에 의해 이 성의 지하 감옥에 수감되어 4년간이나 쇠사슬에 묶여 있었다.

이 호수의 물처럼 세상에서 쫓겨난 이방인을 말없이 안고 가는 스위스다.

우리도 남과 북이 총부리 겨누지 말고 스위스처럼 중립국으로 하면 어떨까.

▲ 스위스의 호수 앞에서

진실의 입

〈로마의 휴일〉 영화를 보면서 주인공인(오드리 헵번) 양 한
껏 부풀어, 상상으로나마 영화 속의 주인공처럼 사랑할 수 있었
던 젊은 날 부산극장, 대영극장, 지금은 이름도 까마득히 잊어버
린 부산우체국 뒤에 있었던 극장에서 하루에 3편의 영화를 본 적
도 있었다. 영화는 참으로 좋은 사랑의 매개체였었던 그때를 떠
올려본다.

〈로마의 휴일〉에서 왕궁에서만 살아온 공주도 진실의 입에 손
을 넣는다는 게 두려운데 나 같은 범인凡人이야 오죽하랴. 오금이
저려온다. 단테가 《신곡》 2부를 쓰고 있을 때 단테는 폐병에 걸
려 신음하고 있었다. 저승사자가 데리려 왔을 때 내가 아니면 신
곡을 완성할 사람이 없다며 완강히 죽음을 부인하며 신과 맞서
서 싸우며 신곡을 완성할 수 있었듯이 진실의 입에 오금저리지
않는 자 누가 있으랴.

▲ 진실의 입

　세계 관광객들로 붐벼 버스는 로마 시내로 들어가지 못하게 통제를 하기 때문에 외곽에 차를 세워두고 도보로 또는 택시나 마차를 타고 들어간다. 사람들이 하도 많이 걸어 다녀 길바닥의 대리석도 반질반질 윤이 나 있다. 아스팔트였으면 군데군데 땜질투성이일 테지만 단단한 대리석도 관광에 한 몫을 하고 있다.

로마의 바티칸 성당

베드로의 유택에 성스러운 역대 교황들의 무덤을 보려는 사람들로 붐빈다.

아비뇽(Avignon)의 유수 사건 등 로마의 가톨릭이 파벌로 인한 내부 다툼과 부정부패로 혼란스러웠던 상황이었을 때 필리프 왕은 교황 보니파키우스 8세와의 세력다툼에서 절대적 우위를 차지한다.

1305년 새로 선출된 프랑스 출신 클레멘스 5세는 로마의 교황청으로 입성도 하지 못하고 아비뇽으로 그 기능을 옮겼다.

'교황의 바빌론 유수'를 제2의 바빌론 시대라고 칭하여지기도 한 어려운 시대는 지나가고 오늘 바티칸 성당이 우뚝 서 있는 이곳은 하느님의 승리가 아닐 수 없다.

바티칸이 세계를 움직이는 걸 보면서 성당 문을 나서는데 소매치기가 예술이라고 가이드가 일러준 대로 언제 스쳐 갔는지 등

▲ 로마의 바티칸 성당 전경

뒤 가방이 열려 있다.

다행히 카메라가 그대로 있어 한숨 돌렸다.

대전차 경기장에서

중학교 때 교장선생님은 진실한 불교 신자셨다. 아침마다 해발 800m도 넘는 함박산(경남 창녕, 영산)에서 물을 길러 오시던 분이셨다.

〈벤허〉 영화 관람을 두고 선생님들과 회의가 길어졌다. 다행히 공립인 우리 학교는 일반 선생님들의 의견이 많이 반영되어서 늦은 시간에 영화를 볼 수 있게 되었다.

지금 선화예술학교에 계신 유병무 선생님도 새내기 선생님으로 오셔서 촌뜨기 우리들을 영산극장에 세워 합창을 하게 하는 등 실력 있는 선생님들이 많은 공립학교였다. 영화가 끝나고 나오니 버스도 끊긴 늦은 시간이었다.

낮에는 주로 걸어서 집으로 오고 등교할 때와 비바람이 불거나 하면 버스를 타고 집에 왔다. 극장을 나와 버스 정류장까지 나오니 여학생이 나 혼자뿐인데 우리 마을 남학생들이 기다리고 서

▲ 벤허 영화 포스터

있었다. 그동안 여학생 한 반, 남학생 세 반을 뽑았는데 내가 입학하던 해에는 여학생 60명 한 반을 먼저 선발하지 않고 동등하게 240명을 뽑는 이변의 해였다.

그 때도 집 가까운 데 있는 학교를 두고 20리나 떨어진 학교로 다녔던 작은 형부 동생(사형)도 있었다. 그러니 여학생은 36명으로 나머지는 남학생으로 채워져 남학생과 같이 한 반에서 공부하였다. 그 중에서 한 쌍의 부부도 탄생하였으며, 아마 남녀평등의 시초가 시작되었던가 보다.

먼 옛날로 돌아가 중학생이 되어 〈벤허〉 영화를 다시 보는 것만 같다.

물 위의 도시 베네치아에서

421년 롬바르디아 침입을 피해 산호초 섬으로 도망간 사람들이 소금에 절인 통나무로 만든 물 위의 도시다. 그래서 섬인데도 언덕이나 산이 하나도 없고 집들의 지하로 바닷물이 오가는 꼭 요술의 집에 온 것 같다.

집과 집 사이의 물 위 골목길은 나룻배를 타고 육지의 골목길을 걷는 것처럼 다닌다. 대문 앞에는 배를 탈 수 있도록 조그만 선착장이 구비되어 있다.

시장 쪽을 둘러 보니 육지의 여느 도회지의 시장 바닥처럼 상점들이 즐비해 있다.

크리스탈 공장에는 1000도가 넘는 온도에 녹인 액체를 입김으로 바람을 불어 넣으면 예쁜 장식품들이 순식간에 만들어진다.

여느 쇼핑가에 온 것마냥 어느 틈에 물 위에 서있는 것도 잊어버리고 진도에서 온 이 선생 부인도 예쁜 화병과 목걸이와 귀걸

▲ 물 위의 도시 베네치아에서

이를 흥정하는 땅 위의 생활 같다.

돌아오라 소렌토로

〈돌아오라 소렌토로〉를 따라 부르며 센티했던 학창시절이 그립다. 떠나려는 애인을 붙잡기 위한 노래로 생각했었는데, 이곳에 와서 가이드의 설명을 들으니 나의 환상은 송두리째 깨어졌다.

그 당시 가뭄 피해 현장을 보러 온 수상에게 우체국조차 없는 소렌토의 어려운 경제상황을 설명한 시장은 수상이 기억할 만한 이벤트를 만들기 위하여, 자신의 호텔에 고용하고 있던 잠바티스타에게 이 일을 맡겼다.

그는 평소에 시, 노래 등을 곧잘 지었다. 동생에게 감사의 말을 전하기 위하여 만들어 두었던 곡에 가사를 붙여 선을 보였던 곡이란다. 그래도 나는 옛날에 생각했던 대로 내 그리운 사람을 소렌토로 돌아오라 하리다.

버킹검 궁전 교대식

독일에서 휘슬러 밥솥이며 후라이팬 등 무거운 것을 들고는 낑낑대며 밤이 늦어서야 도착한 영국의 호텔은 역사만큼이나 오래된 건물과 낡은 시설에 새우잠을 자고는 근위대의 교대식을 보려 궁 밖에서 시간이 되기를 기다렸다.

현지 가이드로 나온 학생은 서울대학교를 졸업하고 유학을 왔다고 하며, 학비가 세계에서 제일 비싼 곳이 영국이라며 본인은 잠깐씩 나와서 안내를 한다고 한다.

여느 가이드 같으면 쇼핑을 안내하는 게 당연한 코스인데 이 학생은 공항까지 우리를 안내하면서 버버리 매장에 쇼핑을 하려면 10분만 시간을 주겠단다. 그렇지 않으면 곧장 공항으로 가겠다며 우리더러 결정하란다.

우리는 버버리 본고장에 와서 안 보고 갈 수 없다며 10분이라도 좋으니 들르겠다 하였다.

▲ 영국 왕실 버킹검궁전 근위대의 교대식 광경

　우리를 상점에 내리게 하고는 정작 가이드인 그는 차에서 내려
오지도 않는다. 돈 몇 푼에 흔들리지 않는 그의 당당함을 우리는
"역시 서울대 학생은 뭐가 달라도 달라" 하면서 10분 내로 쇼핑
을 끝내고 그 학생의 당당함에 유치원생처럼 지시대로 잘 따르
며 공항으로 향하였다.

4부

노스탤지어의 정념을 안고 나는 또 짐을 싼다/ 간헐천 와카레와레와

노스탤지어(Nostalgia)의 정념情念을 안고
나는 또 짐을 싼다
— 호주를 거쳐서 뉴질랜드까지

차창 밖으로 보이는 저 광활한 벌판에 보이는 것이라곤 소와 풀을 뜯는 양들, 캐 놓은 당근은 집채 무더기만 하다. 저 많은 농작물들은 피지, 사모아 등으로 수출된다고 한다. 각종 채소들로 초원이 되어 버린 벌판의 야트막한 언덕 밑에는 밤이면 소와 양들이 지네들끼리 몸을 부비며 밤을 지새는 그야말로 방목이다. 농가의 대문 앞에는 양 새끼를 내놓았다. 필요한 사람은 가져가라고 내놓은 거란다.

하루를 달려 블루마운틴의 석탄 폐광에 왔다. 새로운 땅 뉴질랜드에 석탄 폐광을 관광화시킨 기발한 아이디어에 어리둥절할 뿐이다.

블루마운틴의 잡힐 듯 구름산은 이 갱 속을 오르내리는 트레일러만큼 오싹한 아름다움의 자태를 보여주고 있다. 석탄 폐광 속의 관광을 마치고 시드니 돌고래 쇼를 보러 호숫가를 걷던 중 바람에 모자가 날려 가 버렸다.

관리사무소에 가서 건져줄 것을 요청하였으나 하도 넓어서 찾을 수 없다고 한다. 떠내려가는 모자를 보면서 '내 앞에 다가온 이 엄청난 일들도 저 모자에 실어 떠나보낼 수는 없을까' 하고 아쉬움을 달랜다.

작열하는 햇빛을 막아줄 가리개가 날아갔다고 걱정을 하며 호텔 숍에서 시드니 2000 오륜 마크가 새겨진 순면의 베이지색 모자를 샀다.

비쌀 것이라 잔뜩 걱정을 하였는데 적당한 가격이다.

떠내려가는 모자처럼

나의 삶도 물 위 떠가는
한낱 나뭇잎 조각배이어라
모든 시름 모자에 실어
둥둥 띄워 보내고
괴로웠던 슬펐던 일들일랑
모두 내려두고
훨훨 새털처럼
날아갈 수는 없을까

간헐천 와카레와레와

다음날 간헐천 와카레와레와로 가기 위해 오륜마크의 모자를 쓰고 비취색의 시냇물이 흐르는 냇가를 따라가다 돌에 앉으니 우리나라 찜질방같이 따뜻하다.

가이드가 개구리가 뛴다고 하여 보니 꼭 개구리가 팔딱팔딱 뛰는 것 같다. 가까이 가서 보니 화산의 열기로 진흙이 폴딱폴딱 뛰고 있다.

한참을 따라가니 화산의 잔영이 남아 연기가 솟아오르는 새로운 땅에서 꼭 영화 속의 혼령들이 떠다니는 어쩌면 지옥이 이럴는지도 모를 일이다.

우리를 태우고 다니는 마오리족 관광버스 기사는 남편 없이 혼자 아이 셋을 키워서 다 결혼시키고 손자도 보았단다. 뚱뚱한 몸매에 담배까지 피우는 그녀를 마냥 씩씩한 사람으로 아픈 사연이 없는 사람으로만 보았다.

시드니로 오는 고속도로 휴게소에서 호주달러가 없는 내게 빌려준, 그녀에게 나는 넉넉히 달러를 얹어 갚아주며 헤어질 때 건강하라며 아픈 소통을 나누며 눈에 괸 눈물을 감춘다.

블루마운틴

갱 속 오르내리는 트레일러에
관광객은 석탄마냥 깊은 굴 속을
잡힐 듯 구름을 안고 오르내린다

천사들이 하늘을 오르내렸던
푸른 안개구름은
하늘 궁전으로 우리를 데려다 놓는다

▲ 시드니에서 오페라하우스를 배경으로

5부

미합중국의 관문 LA에서/ 황야를 달린다. LA에서 그랜드캐년까지/ 라스베이거스로/ 꽃을 든 여인의 샌프란시스코로/ 내친 김에 멕시코로

미합중국의 관문 LA에서

괴테는 "모든 인간은 그가 노력하는 한 방황한다"고 〈파우스트〉에서 쓰고 있듯이 마중 나온 교포는 부산에서 이곳으로 이민을 왔다.

옷 수선집을 하며 남편은 멕시코 인부들을 데리고 정원을 손질해 주는 가드너 일을 한다. 헌 옷함에 버려도 벌써 버렸을 주름 스커트를 입고 나온 그녀의 옷차림을 보고 깜짝 놀랐다. 호텔과 조금 떨어진 곳에 차를 세워 두고 왔다며 멕시칸들과 흑인들 때문에 밤이면 마음 놓고 다닐 수가 없다고 하며 벌벌 떨면서 공포에 질린 얼굴이다.

그녀 집에 가니 대학 동기생인 친구 교수는 한국에서 안식년을 맞아 골프 치러 왔다며 이 집에 와서 머물고 있다. 그런데 꿈을 안고 온 이 광활한 땅에서 새벽이면 부부가 제가끔 일터로 나간다. 쿠쿠 압력 밥솥에 밥을 앉혀 놓고 주인은 직장에 가고 없는

 여자여
너를 대접하라

집에서 손님인 우리가 슈퍼마켓에 가서 하선정 김치, 쇠고기 등으로 장을 봐와서 끼니를 해결한다.

애들은 신발을 신고 거실에 저벅저벅 걸어다닌다. 그러나 그 집 주인과 우리들은 거실에서 신발 신는 것에 익숙하지 않아서 슬리퍼를 신고 손님인 우리가 교대로 청소를 한다. 주인 없는 집에 풀장의 물 속에 커다란 개의 그림자만 일렁이고, 제 그림자를 보면서 놀고 있는 개도 사람이 그리웠는지 처음 본 우리를 보고도 짖지를 않는다.

그래도 이 댁은 집을 장만한 성공한 케이스다. 이 집의 전기 제품은 한국에서 와서 며칠씩 머물다 간 사람들이 사다 준 쿠쿠 밥솥 전기장판 모두가 한국제품이다.

2세들도 한국과 관련된 회사에서 일하며 영어선생님인 며느리도 한인 학생들의 상담을 위하여 한국어가 가능한 그녀가 채용되었다고 한다. 어머니가 모국어를 철저히 가르친 덕분이란다. 대학원을 나와서 엄격한 심사과정을 통과해야만 교사자격증을 얻을 수 있단다.

우리네 학교는 평준화를 아직도 부르짖으며 물귀신 작전이다. 교원평가제를 부정하는, 내가 못하면 너도 못해야 된다는 이런 제도는 지구 어디에도 없다. 손자들 유학을 생각하며 학교를 다 돌아보고 다닌다.

사위 둘은 어릴 때 부모와 아이들이 함께 살아야 된다며 언어문제 때문에 조기유학을 보낼 수 없다고 지 아내를 설득시킨다.

대학을 졸업하고 가도 늦지 않다며 반대하는데 나는 헛수고만
하고 다닌다.

　어디를 여행하든 쇼핑을 해 보면 그들이 살아가는 모습을 느낄
수가 있다. 대형할인점에서 아버지를 닮아 발이 큰 나는 제일 먼
저 편한 신발을 소비세까지 물어가며 샀다. 의례 미국 것이니까
하고 신발을 사서 집에 와서 신어 보니 메이드 인 차이나가 아닌
가. 그러나 밑바닥에 깔창이 깔려 있어 따뜻함으로 위안을 삼는
다.

집 뒤 풀장

넓은 정원의 풀장에서
망중한을 즐기리라 생각했던
나의 환상은 와르르 무너진다
이 집 부부는 바쁜 하루하루다

물 위 나뭇잎 몇 잎 둥둥 떠가고
혼자 집을 지키는 개는
물 속 제 그림자를 바라보며
길게 하품을 떨군다

황야를 달린다. LA에서 그랜드캐년까지

대상포진이 걸린 채 길을 나서니 옆구리는 뜨끔뜨끔 아프다. 그때마다 나도 모르게 얼굴이 절로 찡그려지며 버스에 바로 앉을 수도 없다. 배를 쑥 내밀고 아이 밴 사람마냥 하고 다니는 내 꼴이 차창에 비치니 우습기도 하다. 집 떠나면 고생이라고 하지만 미 대륙을 횡단해 보는 걸 얼마나 동경해 왔던가.

차창 밖의 들판에는 로스엔젤레스의 홍스 펌프가 찐득찐득한 기름을 퍼 올리고 있다. 이 기계는 옛날 우리 들판에서 가뭄 때 논에 물을 퍼 올리던 방법으로 서울대 홍 박사님이 만들었다. 홍스 펌프가 펌프질을 하고 있는 새벽 버언한 잉태의 찬연한 해오름을 맞으며 풀 한 포기 보이지 않는 누른 황야를 10시간 정도 달려가니 식당이 우리를 반긴다.

무법자의 황야 같은 곳에서 우리의 한글 '서울정'을 만나니 너무나 반갑다. 이곳에서는 밤을 달려 모든 식재료를 로스엔젤레

▲ 그랜드캐년의 장엄한 모습

스까지 가서 사온다고 한다. 시원한 북어국으로 아침을 먹고 열심히 살아가는 그들의 삶을 뒤로 하면서 밴은 달린다. 새벽부터 누른 벌판만 보고 와서 몹시 눈이 피로하였는데 여기서부터 그랜드캐년 모태인 콜로라도 강이 시작되니 풀들이 제법 파릇파릇하다. 저 멀리 독수리상의 산맥이 우리를 손짓하고 아리조나 인디언 보호구역의 숲 속에는 소와 양들이 띄엄띄엄 보이는, 저 넓은 들판의 목초지에서 방목되어지고 있다.

요세미티 계곡은 1851년 제임스 사비지 소령이 이끄는 대대는 2백 명의 야화니치 인디언들을 추적하면서 요세미티에 발을 들여 놓았다. 소속 부대 의사였던 버넬 박사는 자신의 저서 《요세미티발견》에서 그때 상황을 '두려움에 놀란 계곡'이라고 썼으며, 이 울창한 숲에 산불이 난 그대로 시커멓게 방치해 두었다. 산불이 나도 인위적으로 불에 탄 나무를 베지 않는, 자연 그대로 살아가게끔 하고 있다.

인디언 그들의 터전인 이곳을 "높은 하늘과 산들바람 맑은 물을 어떻게 팔 수가 있지요?"라고 한 요세미티 계곡을 지나는 골프장에 우리나라의 어느 대통령이 미국을 순방하였을 때 골프를 치게 해 달라고 하였다가 망신만 당했다는 일화가 있다며 가이드가 소개해 준다. 여기는 어떤 사람도 예약을 하지 않으면 골프를 칠 수 없다고 한다.

지금은 웰페어(welfare)로 무료한 나날을 보내고 있는 저 멀리 숲 속에서 사람들이 어른거리는 인디오 마을이 보인다. 물고기 화석이 잠들어 있는 그랜드캐년 협곡 인디오 마을은 그들만의 세계에 외계인들의 발자국이 드리워지고 욕심 많은 마리크사 기병대의 총을 든 사냥이, 그들의 씨를 말려 버린 요세미티 계곡의 핏물이 낙엽 되어 유유히 흐른다.

그 섬뜩한 일들이 저곳에서 일어났다고 생각을 하니 사람과 사람이 분류되어 경계선을 긋는다면 저 인디오 마을은 이곳과 어떠한 화합의 강을 터야 할 것인가. 어느 여행자는 낙엽마냥 이곳까지 떠내려와 차편이 없다며 가이드에게 부탁해 와 우리와 밴을 같이 타고 왔다. 휴 프레이드는 "나는 무엇인가를 늘 갈망하고 살았다"를 떠 올리며 이 황야에서 목마름을 적시어 본다.

007 황야의 무법자의 길에서

로스엔젤레스에서
그랜드캐년 가는 길은
누렇게 뜬 잡초와 007 영화 장면 같은
황야를 새벽부터 달려간다
봄이면 파릇파릇 새싹이 움트는
여름에는 신록구름을 만드는
가을이면 비단결 펼쳐 놓은
고운 단풍의 춤사위

멀리 바다가 시원스레 하늘과 맞닿은
겨울에는 새하얀 옷을 입은
눈이 부서 혼몽한 우리의 산야를 보다가
진종일 달리는 황량한 차창 밖에
007 화면의 말이 달린다

라스베이거스로

　하늘의 별들이 다 내려온 호수에 반짝이는 구슬을 손안에 한 줌 쥐어 본다.

　허상인 듯 주르르 흘러내리는 빈 손만 남는 카지노의 카드가 되어 버린다. 온통 별들이 춤추고 있는 이곳에 세계의 도박꾼들이 밤에서 밤으로 달려와 불야성을 이루는 카지노의 유혹에 밤새껏 불을 밝히는 광란의 도시다.

　로스엔젤레스에서 이곳까지 와서 카지노를 즐기려는 사람들을 태우고 출발하는 관광버스도 있다. 밤이 다 가도록 게슴츠레한 눈으로 키를 당기고 또 당긴다.

　일확천금을 노리는 어리석은 자들이여, 가진 것이나 잘 간수하려무나.

　눈을 떠보니 아침의 햇살에 어젯밤의 그 현란한 불빛은 간 곳이 없고 황량한 빈 가슴뿐이다. 이토록 멀리 떨어진 네바다주 동

남부 사막에 카지노를 차려 놓고 각국의 노름꾼들을 모아 허상
을 쫓게 하는데, 인가와 가까운 우리의 강원랜드 카지노는 무어
라 설명해야 하나.

라스베이거스의 카지노

온통
하늘의 별들을 다 쏟아 놓은 듯
현란한 밤하늘의 풍경은
나그네를 별나라로 이끈다
강물 위 떠 있는 조각배에
별들이 가득히 쏟아진
물 속 다이아몬드의
허상을 쫓아 달려오는
나그네의 발걸음들
밤새껏 당긴 키
이 밤 지나면 모든 건 꿈이라오

꽃을 든 여인의 샌프란시스코로

대문호 '어니스트 헤밍웨이'와 '도날드 레이건'을 낳게 한 거센 바람과 파도가 출렁이는 금문교(Golden Bridge)가 우리를 맞아준다. 미 해병대가 출전할 때 이 공원에서 승리를 맹세하고 떠난다고 한다.

전쟁이 끝난 후 승리한 전투지명을 기록해 두는 이곳에 인천상륙작전이라 새겨진 동판은 나의 가슴을 뭉클하게 한다.

종근당제약 회장의 형 이종문님은 샌프란시스코에서 기부금(Donation)으로 대한의 위상을 한층 더 높여 주고 있다.

이 금문교에 서서 우리의 무너진 성수대교에 희생된 어느 여대생의 10가지 봉사의 꿈을 가슴에 새긴 그녀의 엄마는 딸의 소원대로 야학에, 장학금, 점자책을 하나둘 딸 대신 봉사를 하고 있다는 뉴스를 들었다.

열을 채우고 딸 곁으로 가겠다는 모녀의 한이 성수대교 난간에

▲ 금문교

매달려 아직도 흐느끼고 있는데, 이 금문교가 완공된 뒤 이 다리
가 얼마나 갈 것이냐고 그의 친구가 물었을 때 포에버(Forever)라
대답한 조셉 스트라우스 같은 설계자가 우리에게도 나오길 간절
히 빌어본다.

내친 김에 멕시코로

LA에서 라스베이거스, 그랜드캐년, 센프란시스코 등 미 서부를 한 바퀴 도는 여행이다. 여기 교포들도 중간, 중간 지점에서 차를 탄다. 어디에서 살든 한국 사람은 우리말이 통하는 교포가 운영하는 여행사에서 여행을 떠난단다. 미국에서 30년을 살아도 영업장을 비워 둘 수가 없어 더더욱 부부가 같이 여행을 하지 못한다고 한다.

세계 어디에서 살든 자랑스러운 조국이 버티고 있다며 열심히 살아가는 저들에게 박수를 보내고 싶다. LA에 있는 여행사에서 맥시코를 여행하는 상품이 있어 길을 나선다. 우리나라 동해안 기차를 타는 것 같다.

끝없는 바다를 끼고 달려 도로 위 그어진 경계선인 국경선을 넘어가니 멕시코다. 이곳은 증류시키지 않은 기름으로 차가 달리니 온통 하늘이 흐린 화면으로 바뀌어 있다. 경치 좋은 해변은 미국인들의 화려한 별장들이 차지하고 있으며 도로는 엉성하게 포장되어 있어 사고가 자주 일어나는 사람 목숨이 때로는 파리 목숨 같다.

국경은 도로 위 경계선일 뿐인데 나무 한 그루 없는 언덕들로 농사도 지을 수 없는 척박한 땅이다. 밤이면 치안이 불안하여 식당에 들어갈 때도 우리는 무리를 지어 다닌다.

그런데 식당 안에서는 아이들을 데리고 식사하는 부유층 가족들도 있다.

1519년에 에스파니아의 에르난 코르테스가 아스텍족을 침략했을 때 원주민들은 하루가 멀다 하고 피라미드 위에서 인신공양을 일삼고 있었다.

에스파니아인들은 그들을 악마라고 생각했다. 에스파니아인들이 그들을 가톨릭으로 개종시키기 위해 고심하던 어느 날 개종한 지 얼마 안 된 '후안디에고' 라는 원주민 청년 앞에 성모가 나타난 것이다.

청년은 대주교를 찾아가 "성모님을 봤어요"라며 피부색이 저랑 똑같은 갈색의 성모였다고 전했다. 개종한 지 얼마 되지도 않은 원주민 앞에 나타날 리가 없다고 생각하였으며 피부색이 원주민과 같은 성모라니 "이건 신성 모독이다"라 했다.

그 후 청년은 두 번이나 더 대주교를 찾아왔다. 주교는 도대체 성모님이 너에게 왜 계속 찾아오는 것이냐고 따지며 물었다. 성모님이 "자신의 예배당을 지으라고 하신다" 해도 그래도 주교는

믿지 않았다. 후안디에고는 커다란 보자기에 싼 장미를 한 가득
가지고 주교 앞에 내려놓았다.

그때는 장미가 필 수 없는 한겨울이었으므로 주교는 마침내 청
년을 믿고 1531년에 그곳에 성당을 세웠다. 그 후 오랜 시간이
지난 1895년 토착신앙의 또 다른 모습이라 생각하고 인정하지
않았던 로마교황청은 과달루페성모를 인정했다.

성자의 순교 없이 전 멕시칸이 가톨릭으로 개종한 전 인류의
메스티조의 종교답게 인신공양은 이로써 끝이 났다. 그런데도
지금 황폐한 이 나라를 하느님, 다 같이 잘 살 수는 없는지요.

멕시코의 밤 풍경

가로등이 띄엄띄엄 서 있는
어슴프레한 거리에 관광객을 맞는
식당이 즐비해 있다

들어가니 바깥과는 사뭇 다른
잘 정돈된 넓은 식당이다
부유층 사람들은 가족과 외식을 하며
주말을 즐기고 있다

▲ 후안디에고가 보았다는 과달루페성모상

6부

캐나다 공항에서의 호된 신고식/ 밴쿠버로/ 위슬러 스키장에서 고글을 살까 말까

캐나다 공항에서의 호된 신고식

[타이타닉] 영화의 유람선이 침몰한 바다의 '노바스쿠사'에는 만 60세까지 1년에 2만 명씩 이민을 받는다. 요건은 5년 동안 일정 금액의 부가가치세를 낸 사실이 있어야 한다.

1만 달러($)의 기부금을 내고 그들이 원하는 수준의 영어시험에 합격하면 타이타닉 유람선이 잠들어 있는 노바스쿠사로 이민을 갈 수 있다기에 영문으로 된 학교 졸업증명서, 공무원 근무경력, 호적등본 등의 모든 서류를 다 준비했다가 나에게 주어진 시간은 1년뿐이라서 영어시험에 떨어지면 재시험 볼 시간의 여유가 없기에 접어야 했던, 아픔이 있는 캐나다로 짐을 싼다.

가이드가 따라가지 않고 공항에서 출국수속까지만 해주고 각자 가는 여행이다. 공항에 내리니 이민국의 절차가 굉장히 까다롭다. 여자 둘이서 하는 여행이라 우리를 불법이민의 소지가 다분히 있는 사람으로 그들의 눈에 비쳤는지 까다롭게 인터뷰를 한다.

롯데관광에서 패키지여행으로 왔다 하여도 까다로운 이민국 직원은 가이드가 없는 우리를 같이 온 일행들은 있지만 제 각기 비행기표로 예약이 되어 있어 믿질 않는다.

옆 라인의 일행들은 부부로, 딸집 방문, 아들을 학교에 입학시켜 주려 온 부자 등으로 통과시켜 주는데, 중년의 여자 둘은 불법 체류할 사람으로 보였나 보다. 이 까다로운 세관원한테 당황하니까 패스포드에 찍혀 있는 여러 나라에서의 통과 스탬프를 보라 하는 것도 잊어버렸다.

한참을 우리 둘만 세워 두더니 다시 조사를 받으러 보낸다. 영어 공부를 한다고는 하였으나 이렇게 황당한 대접을 받고 보니 말문이 열리지 않는다.

자원 봉사자로 나와 있는 교포의 도움을 받고서야 겨우 나올 수 있었던 노바스쿠사의 추위만큼의 호된 입국 신고식을 치르고 나왔던 기억을 떠올리며 내 그 때 이민 오지 않은 것이 다행이지 하면서 쓴 웃음을 짓고는 공항을 빠져 나온다.

밴쿠버로

　겨울인데도 아이비 잎의 파란 줄기들이 촉촉이 물기를 머금고 있다.

　노바스쿠사에 이민을 신청하여도 따뜻한 밴쿠버에서 살아도 된다고 하였던 생각을 떠올리며 여기저기를 둘러보며 다닌다.

　미국 LA 타운처럼 그리 넓지도 않은 조용한 도시를 뒤로 하고 위슬러(whistler) 스키장으로 버스를 돌린다.

▲ 캐나다 벤쿠버 시내

위슬러(whistler) 스키장에서
고글(goggle)을 살까 말까

위슬러 스키장을 가는 길은 바다인 듯 호수처럼 아름다운 물결을 가로 질러 끝간 데를 모르는 병풍을 쳐둔 것처럼 산들이 하나하나 포개져 줄지어 서 있다. 맞은편 크고 작은 폭포 물소리는 청아하다못해 하얀 옷을 입고 하늘을 나는 선녀 같다. 끝없이 펼쳐진 물결 위 은하계를 걷는 듯 새들의 군무가 장관을 이룬다. 2010년 동계올림픽을 평창과 무주가 서로 열겠다고 세간의 촉각마저 곤두세웠던 사이 원하지도 않았던 이곳이 개최지로 선정되어 발표되었다.

동계올림픽이 열릴 위슬러 스키장 가는 길은 우리가 생각하는 것과는 전혀 다른 2차선 밖에 없는 오르막길만 경차가 먼저 지나가게 차선을 넓히는 작업을 하고 있다.

자연을 거스르지 않겠다는 이곳 사람들의 자연보호가 이 넓은 캐나다를 지키는 버팀목이 되었나 보다. 추월도 하지 못하는 먼

길을 하루를 달려 밴쿠버에서 위슬러에 왔다.

위슬러 광장에 즐비한 상점들에선 스키어들이 찾는 고글들이 진열되어 있다. 고글은 스키 탈 때나 쓰는 것이라 생각하였는데, 안구건조증에 바람도 막아주고 등산할 때나 여행 중에 쓸 수 있는 적당한 크기의 고글을 찾아다닌다.

광장 중앙에 있는 상점 중에서 내가 원하는 것을 찾아다닌다. 좀 더 젊어 보이는, 그리고 바람 한 점 들어올 수 없는 것으로 찾는다. 색이 옅은 것은 나이가 들어 보이고 짙은 것은 시야가 밝지 않다. 그래도 젊게 보이는 짙은 색으로 골랐다.

너무 비싸서 흥정을 해 보아도 여기는 철저한 정찰제다. 나와서 이곳저곳을 둘러봐도 그것보다 더 마음에 드는 것을 찾을 수가 없어서 다시 가서 사 쓰고는 스키장으로 오른다.

케이블카 안에서 일본 학생들을 만났다. 아들이 동경대학에 'all scholarship student'라 했더니, '스고이 스고이 우라야마시이' 하면서 환호성이다. 아들이 사준 귀까지 덮는 젊은이들이 쓰는 고깔 달린 모자를 쓰고 눈밭을 달린다. 바람 부는 바닷가나 산에도 마음 놓고 갈 수 있다.

나는 여행 중에 국내에서 구할 수 없는 마음에 꼭 든다거나 꼭 필요한 것은 장만하여 스스로를 대접하며 위로를 한다. 어느 자식이 내 가려운 곳과 내가 소용하는 걸 다 알 수 있겠는가 말이다. 나는 그런 대접을 받을 충분한 자격이 있는 사람이다, 라며 애써 체면을 걸어보면서 위슬러를 내려온다.

위슬러 스키장

200여개의 슬로프가 하늘을 가른다
푸른 하늘에 꿈틀이는 새털구름처럼
한 마리 새가 되어
저 하늘에 닿을 수는 없을까
내 그리는 사람이 있는
그곳으로
날아갈 수는 없을까

▲ 위슬러 스키장

7부

피지로 체험관광을 떠나다

피지로 체험관광(Experience tour)을 떠나다

이민을 주선하는 회사를 찾아다니다가 마침 피지 체험관광 프로그램이 있어 간다고 하니 남편이 명퇴를 한 이웃사촌 선정이도 따라 나서겠다고 하여 외롭지 않는 여정이다. 둘이서 공항에 도착하니 여행사 피지지사장의 부인이 마중을 나와 있다. 공항에서부터 수도 수바까지 가는 저 넓은 녹색, 청색, 감청색으로 바다를 물감으로 선을 그어 놓은 듯 해변은 할 말을 잊은 나를 꼼짝도 못하고 서 있게 한다. 푸르다 못해 눈이 멀 지경인 남태평양 바다에 숨이 멎는 듯하다. 여기저기 유럽의 연금수령자들이 와서 실루엣의 바다를 바라보며 책을 읽고 있는 사람, 수영을 하는 사람, 해변의 레스토랑에는 유럽 여느 나라가 아닌가 하고 착각할 정도로 신이 빚은 지상의 파라다이스 피지다.

청록색의 투명한 바다와 백사장이 절묘한 조화를 이루는 이 찬연한 풍경을 보다가 문득 사라호 태풍 생각이 나서 물어 보니 수

십 년간 일정한 선을 넘어서는 물이 들어온 적이 없다고 한다. 사라호 태풍이 세차게 불어와 부산 송도의 바닷가 집들이 파도에 휩쓸려갔던, 그해 추석에 우리 집 돌배가 때 아니게 떨어졌으며 큰집에 제사를 모시러 가지 못하였던 기억에 이 아름다운 바다가 무탈하기를 바다의 신 포세이돈에게 빌어 본다.

야자수 열매가 주렁주렁 달려 있어도 먹을 만큼만 따간다는 자연 생태의 보고다. 원주민들은 술루라는 겉치마를 걸치고 다닌다. 흘러 내리면 어쩌나 싶은 괜한 걱정도 해본다.

차에서 뿜는 매연에 눈을 뜰 수가 없는 폐차장에나 가 있을 법한 차들이 도로를 누비고 다니는 수바의 저녁 하늘은 회색이었는데 아침의 창공은 과연 바람이 교차하는 남태평양답게 활짝 갠 맑은 하늘이다. 유럽의 연금수령자들이 와서 봉사하며 일생을 보내고 있다. 나도 해먹에 누워서 끝없이 펼쳐진 맑은 하늘을 바라보며 망중한에 젖어보며 '제임스 쿡' 선장이 처음 상륙하였을 때의 가슴 떨림을 떠올려 본다.

뉴질랜드나 호주로 조기 유학간 학생들이 인종차별 때문에 견디기 힘든 학생들은 영연방이었던 이곳 피지에 와서 공부를 한다고 한다. 여기 남태평양대학에서는 뉴질랜드나 호주대학으로 바로 편입할 수 있다고도 하며, 수업시간에 아이스크림과 음료수를 마음껏 먹어가며 자유분방한 수업 분위기다.

이튿날 초등학교 수업시간에 선생님에게 양해를 얻어 참관하였다. 동양의 낯선 할머니에게 선보인 포즈를 카메라 앵글 속에 아이들 모습을 담아온다. 화장실 청소며 모든 것은 청소부들이 하는 깨끗한 환경이다. 재래시장에는 해감도 안 시킨 조개 등의 해산물들이 일주일에 한 번 들어오는 생선을 사기 위한 자동차 행렬은 끝이 없다.

이삼일을 여기저기 다니다 보니 낮잠이 와서 더 이상은 도저히 다닐 수가 없어 가이드 집에 가서 쉬기로 하고 들르니 김포에서 유학 온 중학생인 남학생과 이 집 딸 둘과 오누이처럼 잘 지내고 있다. 어떤 학부모는 6개월 여행 비자기간 동안 아이들과 같이 지낸다고도 한다. 피지의 이민법이 바뀌어서 지금은 그렇게 머무를 수 없다고 한다.

천정에는 도마뱀이 붙어서 기어다니고 있으며 사람과 동물이 공생하는 삶이다. 이 집 주인은 마침 방을 달아내는 일을 하고 있다. 이곳 수바에는 시골의 친척들이 와서 같이 살아가는 사람들이 많단다. 나도 부산 형부 집에서 학교를 다녔던 우리의 60년대 삶과 많이 닮아 있다.

60년대에 우리나라 집 짓듯이 철근 없이 블록을 쌓아 짓는다. 가이드의 집주인은 공무원이란다. 출근표에 도장만 찍고 와서 저렇게 자기 집일을 한단다. 교포들이 공무를 보려면 몇 번씩이나 헛걸음을 해야 되며, 부조리가 만연하는, 오죽했으면 이 나라 공무원은 되는 일도 없고 안 되는 일도 없다고 할까. 물가가 싸면 내 여생을 하늘이 내린 아름다운 피지 섬에서 보낼 수 있을까 하고 체험 여행을 왔다. 무엇보다 어디를 가도 혼자인 것이 주눅드는 나는 아무도 모르는 이곳에 와서 내가 원하는 말을 영어로 하고 싶어 살펴 보러 다닌다. 그러나 아니다. 물가도 비싸고 너무 멀다. 내 아이들이 있는 나의 땅에 돌아가야겠다며 짐을 꾸린다.

돌아오는 길에 난디 바다 스노클링 속의 형형색색의 물고기며

▲ 지상의 파라다이스 피지에서

불가사리 등 수많은 물고기들의 향연은 지상의 파라다이스다. 밤하늘에 카메라 앵글을 맞추고 있는 영국인 포토의 앵글 속 밤하늘 저기가 천국이 아닐는지, 그러나 나는 연어마냥 회향을 서두른다.

'떠난 곳으로 돌아가는 것이 여행뿐이겠는가.'

피지의 밤

이글대던 태양 안고
머리 위 앉은 별
한 움큼 쥐어
흩뿌린 별똥별은
파도와 딩굴며
불라 불라
횃불 하늘 오른다

이방인의 앵글 속
밤하늘 별
불라 불라 외친다

*Bula : Wellcome to와 같음

8부

2006년 독일 월드컵 특별기를 타고/ 노이슈반 스타인성/ 베를린 장벽을 향하여/ Berlin Hotel, 호텔을 잃어버린 체코에서/ 체코 왕가의 성에서/ 폴란드/ 아우슈비츠 수용소에서/ 비엘리츠카 소금광산 슬로베키아에서/ 헝가리의 부다페스트 야경을 보면서/ 장가를 가려면 비엔나로 가라/ 일행들은 사운드 오브 뮤직 촬영지 짤쯔캄머굿으로 떠나고/ '요람에서 무덤까지' 라는 오스트리아에 호기심이 발동하여 알프스 산자락 마을을 가다/ 하이델베르그 대학 광장의 성령교회에서

2006년 독일 월드컵 특별기를 타고

— 체코 국경에서 대한민국을 외치다

뒷짐 지고 뚜벅뚜벅 앞서 가던 사대부집 종손인, 진도가 교향인 10여년 전 서유럽 여행할 때 광주 농협에서 온 분들과 복분자술을 나누었다. 일행 중 이 선생은 고등학교 때 결혼해서 그의 부인은 시부모님 모시고 진도에 살다 광주로 제금 나와서 여태 나이 어린 남편을 남동생처럼 보살펴주며 평생을 살아간다고 하였다.

이 선생의 초등학교 동창생들과 우리와 같이 여행할 때 부인은 아이들 준다고 휘슬러 밥솥을 2개나 사서 낑낑대며 영국으로 가는 해저터널(under sea tunnel) 기차를 타러 가는데 혼자서 뒷짐 지고 가는 우리들의 아버지 상이었다. 보다 못해 부인이 힘든데 들어주라고 하였던 기억을 떠올리며 그때 생각이 나 피식 웃음이 나온다.

우리나라가 16강에 탈락했기 때문에 관심을 꺼두고 프랑크푸르트 공항을 뒤로 하고 가는 체코 국경에서 여권을 체크하는 그 짬을 틈타 차에서 내려 '대~한민국 짝짝 짝짝짝' 하며 손뼉을 치니 지나가는 외국인들도 우리의 붉은 악마 응원을 알고 있다. 그들과 함께 외치며 우리나라의 위상이 얼마나 높아져 있는가를 실감한다.

서유럽을 여행할 때는 차범근 선수가 분데스리가 축구팀에서 뛰고 있어도 동양의 어느 나라라고만 알았던 그 때와는 달리, 이제는 우리의 상황이 판이하게 달라져 있다.

히틀러가 잘 닦아 놓은 아우토반 고속도로를 달려와 괴테 가도의 종착지인 라이프찌히의 호텔에 여장을 푼다.

노이슈반 스타인(Neushwanstein)성

루드비히 2세는 바그너의 오페라 〈로엔그린〉중 백조의 전설에서 영감을 얻어 성의 이름을 지었다. '리하르트 바그너'의 예술성에 매료되어 음악활동을 하는 데 전폭적으로 도와 그를 음악에만 전념할 수 있도록 배려하였다.

노이슈반 스타인성, 백조의 궁전을 지었으며 이 성이 완공된 뒤 미치광이로 몰려 폐위를 당하였으며 유폐된 지 3일 후에 슈타른 베르크 호수로 주치의와 산책을 나가서 의문의 죽음을 당하였다(1886. 6. 13).

호수에 떠오른 2구의 시체는 지금까지 미스터리로 남아 있다. 18세에 왕위에 올라 스스로가 원했던 예술가의 길을 가지 못하고, 현실을 도피하는 몽상가적 삶을 살았던 루드비히 2세다.

백성들의 원성을 들으며 화려한 성들을 만드는 데 가산과 국고를 바닥내고 열정을 쏟았다.

음악과 결혼하여 미혼으로 생애를 마친 그의 걸작품들을 보러 노이슈반 스타인성을 오른다. 18세기 말에 완공된 노이슈반 스타인성은 모든 층에 수세식 화장실에 더운 물이 나오게 만들었다니 나의 귀를 의심하게 한다.

성까지 걸어서 가는 사람, 마차를 타고 가는 사람, 걸어서 고성에 올라와 보니 슈타른 베르크 호수며 성 오버아머가우(Oberammergau)성이 한눈에 보이며 호수에서 불어오는 시원한 바람이 목젖까지 적셔 준다.

웅장한 취적의 성을 뒤로하고 일행보다 먼저 내려와 알프스 산맥의 맑은 정기가 서린 호수에 한가로이 오리가 떠다니며 수영을 하는 사람, 보트를 타는 사람, 제각기 넓은 호수에 놀이를 즐기고 있는 반대편 물가에 앉아서 가만히 호수에 발을 담가 보며 마음 속 자리한 침울함도 물속에 침전시키고 떠나련다.

나옹선사의 글귀를 읊조려 본다.

'청산은 나를 보고 말없이 살라 하고
하늘은 나를 보고 티 없이 살라 하네
탐욕도 벗어 놓고 성냄도 벗어놓고
물같이 바람같이 살다 가라 하네'

백조의 성 노이슈반 스타인성

바그너를 음악을 사랑한
루드비히 2세
그대는 왕위보다 음악을 사랑한
예술가를 사랑하여
오늘 독일이 낳은
바그너를 있게 한
위대한 영웅이여
백조의 성에 그대 예술혼은
잠 못 들고 있구나

▲ 노이슈반 스타인성

베를린 장벽을 향하여

카이저 빌헬름 교회의 날아간 종탑에서 '우리의 소원은 통일'을 불러본다.

아우토반 고속도로는 주말에는 자국민들의 통행에 지장을 주지 않기 위해 화물차는 일체 국경을 통과하지 못하게 하는데 간간이 집 한 채 가격인 페라리가 도로를 질주한다.

여태 끝 전원주택만 보며 왔는데 갑자기 아파트가 보인다. 똑같은 크기의 조건에서 골고루 잘 살게 한다는 공산주의의 동독은 서독과의 완연한 대조다.

도로 위 노란 선을 기점으로 동서로 나누어져 꼭 중앙선 표시 같다.

다 허물어지고 조금 남은 베를린 장벽은 수명이 다할 때까지만 구경할 수 있다고 한다.

베를린 장벽

뚫린 구멍 숭숭
맞겨눈 총부리로
허공에 구멍 내더니
죽어서야 하나 되어
덩실덩실 함께 춤춘다
부라린 눈에 괸 눈물
빌헬름 종탑 위에 흩뿌리며
통일 통일이라 외친다

▲ 베를린 장벽

Berlin Hotel, 호텔을 잃어버린 체코에서

600년 전의 찬란했던 이 고성의 호텔에서 참으로 인생의 무상함을 느낀다.

100년도 살지 못하고 떠나는 우리의 인생이다. 이 모든 것들은 그대로 있으며 한 치 오차도 없이 우주는 돌아가고 있는데, 한 슬픔은 숨 한 번 쉬지 못하고 시간 속으로 끌려 들어가고 있다. 그러나 살아 숨쉬고 있는 한, 한 귀퉁이의 울울함은 언제나 가슴을 먹먹하게 만들 뿐이다.

9시에 출근하여 6시가 칼 퇴근이었던 이곳도 자본주의로 돌아서면서 지금은 야근을 한단다.

경희대 한의대생 봉희, 부산에서 온 남매와 그의 어머니, 미국에서 건축학을 공부한다는 현준이, 명지전문대 연극영화과에 다니는 예뿐이, 젊은 친구들은 이 옛 성에서 비가 오는데도 밤이 늦도록 술을 마셨단다.

젊음 하나로 형 아우하며 금방 친구가 된 순수함이 부럽다. 어른들은 뭐 그리 계산이 많은지 통성명하기를 꺼린다.

가이드가 본인 소개를 하라니 몇 년 전 은퇴한 직장의 명함을 들고 나온다. 같이 온 일행하고만 밥을 먹고 도무지 어울리길 꺼린다.

아침 일찍 잠에서 깨어나 룸메이트와 한참을 걸어서 길 건너 울창한 공원에 들어가서 산책을 하고 나오니, 우리가 들어간 길이 아닌 번화한 소방서도 있는 넓은 대로다. 600여년이 넘은 건물이라 모두 비슷비슷하다. 세계 언어 중에 제일로 어렵다는 체코어가 아닌가.

시간은 흐르고 일행들이 시간이 되어 떠나 버리면 우리는 국제 미아가 된다. 마음은 초조해 오고 입이 바싹바싹 말라온다. 가로 등을 보면서 걷는데 그때서야 ‘Berlin Hotel 250m’ 표시가 있다. 아침에 호텔을 나올 때 얼핏 본 그 글자다.

친구에게 알려주고 어제 가이드가 여기는 표지를 믿을 수 없다고 하였던 말이 생각나 되돌아가 전화번호를 적어 오니 벌써 맹례는 길 건너편에 가 서 있다. 위급한 상황에서는 본능적인 자기 보호는 어쩔 수 없는가 보다.

이정표대로 따라가니 아침에 길 건넜던 그곳이 나왔다. 우리는 옆문으로 들어가서 정문으로 나왔으니 혼비백산 할 수밖에. 이 일이 있고 부터는 호텔을 나올 때는 명함을 꼭 갖고 나온다.

혼비백산

거기 누구 없소
체코 공원은 낯가림한다
산책 나온 달팽이도
수줍은 더듬이 감추고
지나는 행인도 모른단다
등줄기 오싹한
국제미아가 되어
호텔 나올 때 얼핏 스친
낯선 글자가 지난다
가로등 위 'Berlin Hotel 250m'
방랑자의 숨이 멈춘다

체코 왕가의 성에서

부엌에서 방으로 와서 내가 무엇을 가지러 왔는가를 잊어버리고 가만히 서서 한참을 생각하고 나서야 '앗! 참 이거 가지러 왔지' 하는데, 동유럽을 갔다 온 지가 5년도 더 지난 이 시점에서 글을 쓰는데도 어제 일처럼 생생한 기억으로 다시 여행을 시작하는 기분이다.

참으로 여행이란 기묘한 묘약을 지녔는가 보다. 그래서 자식에게 돈을 주기보다 여행을 시켜라 하지 않았던가.

이곳은 시계로 유명하다. 앤티크 숍(antique shop)에서 15유로 하는 앤티크 탁상시계는 알람도 되고 장식용으로 예쁘게 만들어진 시계다. 딸들에게 주려고 2개를 샀다. 지상에서 단 하나뿐인 시계를 위하여 정확하게 만든 시계공의 눈을 멀게 하였다고 하는 천년이 넘은 이곳 성당에 그 시계는 멈추기를 거부한 채 아직 달리고 있다. 내 옆의 일행은 남편이 무얼 살까 봐 감시꾼처럼 따

▲ 체코의 프라하에 있는 바츨라프스케 광장의 천문시계

라 다닌다. 사고 싶은 것을 억누르면서 나오는 그녀는 며칠 같이 다닌 나에게 속마음을 털어 놓는다.

이곳은 '프라하의 연인' 촬영지인 신데렐라 애기로 잘 알려진 낯설지 않은 이름이다. 앳띤 여학생 가이드가 나왔다. 꼭 유치원생이 겨우 외워서 더듬거리며 책을 읽는 것만 같다. 그래도 체코까지 온 용기가 보기와는 다른 또 다른 포부를 가지고 미술을 전공하러 왔단다.

프라하의 봄의 아픈 상처가 있는 왕가의 성을 내려와 바츨라프스케 광장의 천문시계의 종이 매 정시를 알릴 때마다 튀어 나오는 열두 사도의 흥미로운 행진을 구경하기 위해 시계탑 앞에 섰다. 까를르푸 다리는 축조 당시 달걀 노른자를 썩혀서 만들었기 때문에 오늘날까지 건재하다고 전해져 내려온다. 까를교 다리 위 성 네포묵 청동상 사도를 만지면 소원을 들어준다기에 블타바 강물을 바라보면서 나의 신께 간절한 기도를 드린다.

폴란드

차창 밖으로 비치는 들판은 그대로 두어도 검은 색의 기름진 흙에 온갖 농작물로 장관을 이루며 펼쳐져 있다. 이곳은 땅도 쉬게 하는 안식년을 둔다고 한다. 저토록 살찐 들판에 침략자들의 발자국들이 드리워졌던 이 나라를 사수하기 위해 시인 '바친스키'는 바르샤바 봉기에 참여했다가 1944년 독일 저격수에 의해 살해되었다.

나라를 사랑한 문학도의 펜이 멈춘 곳을 애도하면서 차창을 스치는 바람소리에 피지도 못하고 28세에 조국독립운동을 하다가 감옥에서 숨진 윤동주의 [서시]— "죽는 날까지 하늘을 우러러/ 한 점 부끄럼이 없기를/ 잎새에 이는 바람에도/ 나는 괴로워했다/ 별을 노래하는 마음으로/ 모든 죽어가는 것을 사랑해야지/ 그리고 나한테 주어진 길을/ 걸어가야겠다// 오늘 밤에도 별이 바람에 스치운다"와 [소년] 중에서 "소년은 황홀히/ 눈을 감아본다

/ 그래도/ 맑은 강물은 흘러 사랑처럼 슬픈 얼굴/ 아름다운 순이의/ 얼굴은 어린다." 이상화의 [빼앗긴 들에도 봄은 오는가] 중에서 "입술을 다문 하늘아, 들아/ 내 맘에는 나 혼자 온 것 같지를 않구나!/ 네가 끌었느냐? 누가 부르더냐?/ 답답하여라. 말을 해다오// …(중략)… / 푸른 웃음, 푸른 설움이 어우러진 사이로/ 다리를 절며 하루를 걷는다. 아마도 봄신령이 지폈나 보다/ 그러나, 지금은 들을 빼앗겨/ 봄조차 빼앗기겠네"의 못 다한 조국의 사랑, 한 소절 소절들이 나를 흔들어 깨운다.

쇼팽도 러시아 군대가 진압해 버린 내 나라를 러시아가 다스리는 법을 따르지 않겠다고 하였으며, 폐결핵으로 39세에 요절한 천재 음악가 쇼팽은 바르샤바에 끝내 돌아오지 못하고, 고향을 떠날 때 친구들이 준 흙 한 줌을 가슴에 덮고 이국땅 파리에서 묻혔다. 그의 심장만 고향 바르샤바 성 교회 무덤에 안치되었던 이 얼마나 나라 잃은 큰 설움인가. 동질감으로 가슴이 아릿해 온다.

쇼팽의 [즉흥 환상곡]이 날아와 하늘가에 울려 퍼지는, 번화한 거리에서 생체 실험당한 이곳의 약이 좋다고 기미 제거제, 감기 들었을 때 목에 뿌리는 스프레이 약 등을 다들 사고 있는데 어제 앤티크 시계를 사지 못하였던 그녀도 이곳 여인들이 뜬 식탁보를 딸들에게 준다며 남편과 같이 고르고 있다.

철옹성같이 꽉 닫혀 있던 남편의 주머니도 열게 하는 이래서 여행을 하라 하였던가.

아우슈비츠 수용소에서

일명 오슈비엥칭(Oswiecim) 수용소, 가스실의 600만 명이 희생된 참상을 철문에는 "일하면 자유로워질 수 있다"라는 교묘한 문구로 사람들을 속였다. 가스실 앞에는 세척실이라 써 놓고 두 사람 앞에 비누 한 개씩 나누어주어서 샤워하러 가는 줄로만 알았으며 그들 모두가 죽음의 문인 것을 아무도 몰랐다고 한다. 가스실에서 한 번에 400명씩 질식사시켰다.

단테의 [신곡]인 지옥에서나 있을 법한 일이 벌어진 처참한 참상 앞에서 나그네는 할 말을 잃고 빈 하늘만 바라보고 서 있다.

유태인 상인이 어머니를 희롱하는 것을 본 어린 나폴레옹의 눈에 비친 대가가 이리도 처참할 수 있다니, 대체 사람은 어디까지 악랄해질 수 있나. 수북이 쌓인 신발들, 불에 탄 안경테, 잘라 놓은 머리카락, 머리카락으로 짠 옷감, 애기들의 배내옷들이 너부러져 있다. 약효가 빠르다고 실험한 어린 소년들의 성기를 자른 사진이 벽에 걸려 있으며 미처 독일군이 파괴하지 못하고 떠난 이 참상들, 히틀러가 물러가고 공산치하가 되어 버린 슬픈 운명의 폴란드는 다이나마이트를 발명한 퀴리부인, 요한 2세 교황님의 고향이기도 하다.

폴란드 왕의 거처로 사용한 바벨성으로 가는 차안에서 며칠이고 입을 꾹 다물고 오던 피노키오 운전수 아저씨는 현지 가이드가 차에 오르니 장난도 치며 신이 난다.

이곳 가이드는 외국어대학에서 폴란드어를 전공하였으며 유학을 왔다가 주저앉아 동기생들과 친형제처럼 지내며 살아간다고 한다. 오늘 나올 현지 가이드는 해박한 지식을 가진 사람이라며 여러분은 복이 많다고 하더니, 현지 가이드는 바싹 마른 체격에 철학 교수 강의 같은 해설이다.

혹시 운동권 학생이 아니었을까, 우리의 공통된 의견이다. 운동권 학생도 별 수 있나, 살아가는 데는 돈이 필요하며 이곳에서 여행사를 한다고 한다. 오늘 나온 가이드도 젊은 피 끓는 생각으로 골고루 잘 사는 나라를 찾아 여기까지 왔다고 한다.

이곳은 피노키오 운전수 아저씨의 고향이며 먼발치 중학생 딸과 부인을 뒤로하고 떠나면서 가이드를 내려주지 않고 장난을 친다. 이쁜이 대학생을 중학생이냐며 묻고는 키가 자기 딸과 같다면서 무척 귀여워 해준다. 겉으론 냉정하게 생겼어도 폴란드 사람들은 정이 많다고 한다. 간혹 '갑시다' 로 입을 열지만 얼마나 갑갑할까 말이 통하지 않는 갑갑함은 어떠할까.

▲ 아우슈비츠 수용소

아우슈비츠 수용소에서

가스 지필 때
나비가 날았다
잘린 성기에서
싹이 돋아 나오고
약효가 좋다며
나비된 그들을 먹고 있다

비엘리츠카 소금광산 슬로베키아에서

　모바일 폰이 한참을 울려도 받지 않고 테이블 위에 그대로 놓아두고 사람들의 시선이 자기에게 집중되면 그때 전화를 받으며, 부富를 과시한다는 자본주의 물결이 밀려들어온 이곳에 화폐가 없던 시절에 소금으로 물물교환을 하였다는 소금광산으로 왔다. 어떤 음식에도 소금이 들어가지 않으면 맛을 낼 수 없는 그래서 빛과 소금이 되라 하셨던가.

　안내원은 300m 지하갱도에서 '싸개싸개'로 우리를 즐겁게 해준다. 누군가 남도 사투리를 떨어뜨리고 갔나 보다.

　로미오를 빼닮은 안내원과 봉이 학생은 오랜 친구같이 사진도 찍어주며 장난도 친다. 봉이 학생과 같이 온 형수는 아버지가 방송국 간부란다. 왜 젊은이들이 아줌마들과 같이 다니느냐고 물으니 치안이 불안하여 배낭여행은 하지 않고 안전한 패키지여행으로 왔다고 한다.

현준이와 이곳 로미오 안내원과 사인을 주고받으며, 사진도 같이 찍으면서 한국의 외교관 역할을 톡톡히 해낸다. 소금광산 갱도의 소금으로 지은 성당에서 벽면을 손으로 찍어 맛을 보는데, 빛과 소금이 되라 하신 종탑 위의 교회 종소리가 은은히 들려오는 듯한 지하 갱도에서.

로미오의 싸개싸개

지하 300m 갱도 속
빨리빨리 싸개싸개
소금교회 종소리에
누군가 떨구고 간
서투른 발음의 한글 씨앗
안내원 로미오의 입에서
소금 되어 귓가 스친다
대한의 위상이 화음 되어 울린다

▲ 비엔나의 쉔브룬 여름 궁전

헝가리의 부다페스트 야경을 보면서

헝가리 역대 국왕의 대관식이 거행된 마챠시 성당은 건국 1000년을 기념해 만들었다. 이 영웅광장은 헝가리는 배고픈 나라가 아닐까 한 우려를 말끔히 지우게 한다.

KAL기 폭파범 김현희는 아름다운 부다페스트의 야경을 보면서 '이 아름다운 세상을 과연 내가 무엇을 위해 폭파해야 하나'로 고민했다는 밤하늘에 별이 총총히 떠가고 있다.

시리도록 아픈 달빛의 다뉴브 강물 위 파란 불빛은 나그네의 서늘하게 젖어오는 지나간 날들의 회환이 주마등처럼 열을 선다. 뱃전을 찰싹찰싹 밀려 왔다 만져질듯 가 버리는 별들에게 저 생의 안부를 물어본다.

유럽의 진주 다뉴브 강은 파리의 세느강에 버금가는 강이라고 한다. 강물 위로 멀리 고성들과 국회의사당 대학들이 공산주의가 된 뒤 나빠진 경제사정으로 전력이 부족하여 희미한 푸른 빛을 발하고 있는 야경이다.

　실패한 레닌이 사라진 후 문호를 개방한 유람선 위로 왈츠 곡의 선율이 은은히 울려 퍼지고 무료로 제공되는 맥주와 와인의 맛은 더욱더 나그네를 사념에 젖어 들게 한다. 선상 위로 별들이 무수히 쏟아지는 부다페스트의 다리 아래 나를 숨기며, 이 아름다운 별밤에 김현희의 고뇌를 공감하면서 관광을 마치고 차에 오르는데 밤비는 통한痛恨을 쏟아내고 있다.

부다페스트의 야경

수정 같은 별들이
품으로 들어오는
다뉴브 강 물결 위
아픈 달빛이 파도를 넘는다
요한 스트라우스의 왈츠 장단에
물고기 팔딱이고
파도를 가르는 유람선에 서서
나그네는
와인잔에 시름 실어 보내며
아프지 않은 삶이 어디 있으랴
나를 다독인다

장가를 가려면 비엔나로 가라

우리의 국모였던 프란체스카 여사의 고향이며 베토벤, 슈베르트, 하이든, 모차르트 등 음악의 대가들이 태어난 이 아름다운 나라의 규수가 우리의 초대 이승만 대통령의 마음을 사로잡았나 보다. 어릴 때 파란 눈의 국모를 화보로 보았으며 우리와 다른 사람도 있다는 걸 처음 알았다. 그러니 이승만 박사는 일찌감치 다문화 가정의 선구자인 셈이다.

작가 전혜린은 오스트리아에서 공부할 때 도나우 강을 보고는 '나만이 발견한 푸른 보석'이라 하지 않았던가.

오스트리아 '빈' 하면 성악 피아노 음악의 모든 장르를 공부하려는 학생들은 거의 비엔나로 온다고 한다. 여학생들이 많아 못생긴 남학생들도 금값이란다.

오페라하우스 왕가의 여름 별장인 쉔브른 궁전관람을 하러 떠나려는데 논현동에서 온 발발이 아저씨가 또 보이지 않는다. 깻

▲ 음악의 도시 비엔나의 쉔브른 궁전에서

잎, 고춧잎, 장아찌, 우유까지 싸들고 다니는 남자다. 한국에서 간 가이드 미스 최를 식당에 남겨두고 우리는 현지 가이드와 떠난다. 때 마침 쉔브른 궁전 광장에서 삼성 모바일 폰 시사회로 광장이 부산하다.

어느 나라를 가도 우리의 삼성 브랜드로 어깨가 으쓱해진다. 마산 경남대학에서 온 가이드는 경영학을 공부하러 왔다며 틈틈이 일을 하여 학비에 보탠다고 한다.

동경대에 가 있는 아들 생각에 김과 고추장을 모두 내어주고 건강하라 하고는 짤쓰브르크로 향한다.

일행들은 사운드 오브 뮤직 촬영지 짤쯔캄머굿(Salzkammegut)으로 떠나고

마을 수퍼에서도 화장품을 파는 관광객의 주머니를 열게 하는 모차르트 어머니 생가의 길겐은 알프스 산자락의 산촌 마을이다. 맑은 시냇물은 자신의 내면까지 환히 들여다볼 수 있을 것같이 서늘하다.

빈에서는 가이드 구하기가 어렵다고 하며 한국의 잘 사는 집 학생들이 많이 와 있어 아르바이트를 하지 않는다고 한다.

30살의 미스 안은 경제학을 전공했으며 몇 개 국어나 해야 되는 유럽 가이드 시험에도 합격했다는 똑순이인 데다 얼굴도 예쁜 가이드다. 그러나 빈에서는 시집가기가 어렵다며 조금 전 쉔브른 궁전을 안내한 남학생 가이드도 처음에는 순진하더니 이제는 통긴다고 귀띔해 준다. 똑순이는 짤쯔캄머굿의 안내를 위해서 동행한 가이드다.

나는 서유럽에 갔을 때 융푸라우 알프스 눈 덮인 산을 관광하였기에 70유로나 하는 옵션을 사양했다. 짤쯔캄머굿으로 가는 호수가 면해 있는 이곳 길겐은 모차르트가 엄마와 누나가 그리울 때면 마차를 타고 찾아 왔다고 한다.

모차르트 어머니의 생가를 둘러보기로 하고 마을 어귀까지 올라가니 우리 어릴 적 시냇물이 졸졸 흐르고 있다. 흐드러지게 열린 체리를 봉이 학생과 열심히 따먹고, 떨어진 것은 쏜살같이 흐르는 물에 떠내려간다. 우리의 인생도 저럴까 하며 알프스 산 내려온 맑은 물에 내 마음도 씻어 보낸다.

이곳은 모차르트 탄생 250주년 기념행사로 분주하다. 모차르트의 외할아버지는 길겐의 판사이자 시장이셨고 누나 난넬 남편도 시장을 역임했으며 시청 앞은 모차르트 광장으로 명명되었다.

이곳 스와로브스키 본고장에서 목걸이를 하나 사고 나올 때 발발이 아저씨를 만나 매장을 알려 주었다. 그가 부인과 딸의 귀고리와 브로치를 사고 나오는데 히틀러 별장에 갔던 일행이 도착하고 이쁜이의 룸메이트 이모 쇼핑광도 롯데백화점에서 지금 하고 있는 악세사리 세트를 못 구했다며 여기서 짝을 맞춰 사고 스와르브스키 선글라스도 샀다. 본인은 열심히 살아왔다며 사고 싶은 물건은 사서 즐긴다고 한다. 자신을 멋지게 대접하며 살아가는 멋쟁이 아줌마다.

모차르트의 고향답게 저녁 식당에 마을 합창단이 전통 의상을 입고 와서 「아리랑」을 연주해 주고 이쁜이와 이모와 그들은 신나게 춤을 춘다.

이번 여행에서 제일로 후회되는 것은 짤쯔캄머굿의 사시사철 만년설로 자리잡은 알프스 봉우리며, 특히나 「사운드 오브 뮤직」의 명장면 마리아가 두 팔을 벌리고 노래를 부르던 그곳을 보지 못하고 온 것은 두고두고 남는 아쉬움이다. 그 아쉬움을 띄워 보내는 호숫가에 하나둘 산들의 그림자가 겹친다.

여행에서 돌아와 아파트에서 하는 스포츠 댄스반에 등록을 하고 반짝이 댄스복을 사서 입고 배워도 보았지만 도무지 되질 않아 접고 말았다.

▲ 모차르트의 고향 풍경

'요람에서 무덤까지' 라는
오스트리아에 호기심이 발동하여
알프스 산자락 마을을 가다

故 박경리 선생의 대작 [토지]에 나오는 서희의 집 같은 오지마을이다. 바람의 결이 피부에 스치는 새벽에 어젯밤 올 때 보았던 눈 덮인 산에 눈을 만져 보고 싶어 다 잠든 아침에 홀로 깨어 산을 향해 걸어간다.

들길을 지나 시냇물이 흐르는 산속의 길을 따라 소가 풀을 뜯는 산위 집까지 가서 확인해 보니, 어제 보았던 바위에 하얀 눈은 눈이 아닌 빛바랜 바위의 색깔로 궁금증이 풀렸다. 여기 산속의 집에 사는 사람들은 아침 늦은 잠을 자나 보다. 집주변 이곳 저곳을 둘러보고 다녀도 인기척이 없다.

영의정(1687년)을 지낸 약천藥泉 남구만南九萬의 "동창이 밝았느냐 노고지리 우지진다/ 소치는 아희놈은 상기 아니 일었느냐/ 재 너머 사리 긴 밭을 언제 갈려 하나니." 우리 어릴 때 시골 풍경 같은 알프스의 산마을이다. 그러나 이곳 알프스 산촌의 사람들은 미동도 하지 않고 아침잠을 자고 있다.

눈이 녹아 흐르는 차디찬 시냇물에 손을 담가보며 알싸한 살아 있음과 싱그러운 산의 혼을 느끼며 산장을 내려오는 나는 알프스 산의 하이디가 되어 보기로 한다.

잠깐 스쳐 가는 여행자에겐 지상의 낙원 같지만 만약 혼자서 산다면 이 쓸쓸함을 어찌 견딜 수 있으랴. 우리 아파트는 수영장과 모든 스포츠 시설이 갖춰져 있어 샤워장에서 매일 알몸으로 대하는 사람들이다. 너무 사생활이 거울 보듯하여 부담스러웠는데 이 산촌에 와서 보니 그것이 나에겐 큰 축복의 삶인 줄을 미처 몰랐다.

산을 내려오니 집집마다 샐비어 꽃으로 치장된 저 집의 안주인

▲ 알프스의 산자락 마을

은 얼마나 마음이 고운 사람일까를 상상해 보며 창 앞을 다가가 걸어도 본다. 저 꽃은 향이 독해 날벌레들을 쫓는 좋은 방향제이기도 하다.

집집마다 꽃을 창에 걸어두고 자신의 내면뿐 아니라 남이 바라보는 창을 위해서도 꽃을 걸어두는 저 사람들의 흐트러짐 없이 깨끗하고 아름답게 꾸미며 살아가는 이토록 아름다운 곳에 모차르트를 낳게 한 것이 아닌가도 싶다.

하이디가 뛰노는 알프스 산장에서

쏴
얼음물이 달음질친다
하얀 눈을 들쳐 업고
체리 입술을 훔치며

피가로의 결혼이
울려 퍼지는 알프스에
벽 뚫는 노파는
여름을 쥐고
세월을 잡고 있다

하이델베르그 대학 광장의 성령교회에서

네카 강변에는 햇빛에 선텐을 하는 사람들로 볼거리를 제공하며 우리들의 눈길을 현혹시키고 있다. 산 위의 빨간 지붕들의 고택들은 시에서 유지비를 주면서 깨끗하게 관리하여 관광객들을 유치한다.

하이델베르그 대학 광장은 관광객의 쉼터로 우리 대학과는 사뭇 다른 일반인들과 공유하고 있다. 우리들에게 2시간의 주어진 자유 시간동안 쇼핑가 상점을 둘러보고 있는데, 두 딸과 영국에서 출발하여 자유 투어를 하고 있는 세 모녀를 만났다.

그럴 겨를도 없이 대학 졸업을 앞두고 딸 둘을 시집보냈기에 몹시 부럽다. 딸이 둘이나 있으니 언니를 제치고 바꿈하는 집도 주위에서 많이 보아 왔던 터라, 그보다도 딸들만 결혼시키고 나면 내가 죽어도 아들은 시어머니 없다고 장가 못 들지 않을 것이라 생각했다.

6개월 시한부 삶을 살고 그는 우리 곁을 영영 떠났다. 때문에 나도 언제 어떻게 갈지 모른다는 생각으로 대학 4학년 여름방학 때 우리와 그전부터 알고 지내왔던 총각의 매형 소개로 맞선을 보았으며 마침 치과병원을 개원한 청년이다. 한 번 보고는 5개월 데이트를 한 후 졸업논문을 내고는 준비를 하여 1월 15일에 결혼식을 올렸다.

무슨 때면 아버지의 빈 자리가 너무도 커서 우리는 안절부절하였는데 졸업식장에 바깥사돈께서 무비 카메라가 귀하던 그 때에 며느리를 이리 찍고 저리 찍어 주시면서 아버지 빈 자리를 메워 주셨다.

일찍 시집가지 않겠다는 둘째도 4학년 여름방학 때 일본 와세다대학 재경학과에서 학위를 마치고 돌아온 총각을 지인이 소개하는데 지 언니가 소개한다고 하고는 나는 모르는 척해 주었다. 몇 개월 데이트를 한 뒤 청혼을 해 와서 졸업장을 받지 못할까봐 학교 측에 알아보니 졸업논문을 제출하고 결혼을 하면 괜찮다기에 졸업을 앞둔 12월 31일에 흰 눈이 소복이 쌓인 날, 아버지 손이 아니면 누구 손도 잡고 나가지 않겠다 하여 신랑 손을 잡고 동시 입장하였다.

그 때만 하여도 흔치 않은 이색적인 결혼식을 치렀다. 졸업식 때 둘째 시아버님이 근무하고 계신 대학도 졸업식이라 오시지 못하고 안사돈과 시동생이 아버지 빈 자리를 메워 주셨다.

딸 둘만 결혼시키고 세상을 떠나도 좋겠다고 하였는데 오늘 혼자 쓸쓸한 여행을 다닌다. 노련한 가이드는 여자들의 마음을 귀신같이 읽어내고 또 상점으로 우리를 안내한다. 정말 여행만 하기로 하였건만 폴란드에서의 약, 독일에서의 주방용품을 사지 않고는 배길 수 없는 유혹에 나도 어쩔 수 없는 여자인가 보다. 할머니들 모아놓고 선전하는 약을 샀다고 며느리한테 핀잔을 듣는 뉴스 속의 할머니가 나도 되어 버렸다.

성령교회에서 간절한 성령을 듬뿍 받고 공항으로 향한다. 또 공항에서 발발이 아저씨가 사라졌다. 비행기 티켓도 가이드가 가지고 있는데 한바탕 소동이 벌어졌다. 그 틈에 이쁜이 이모는 또 쇼핑을 한다. 관세 걱정을 하면서 우리들에게 하나씩 물건을 떠맡긴다.

 여자여
너를 대접하라

9부

하얀 목화송이 펼쳐진 터키의 벌판으로/ 성소피아 성당/ 그리스 파르테논 신전과 오륜경기
장으로/ 이집트로/ 스핑크스/ 쓸쓸히 혼자 서 있는 오벨리스크/ 룩소르의 카르나크 신전 앞
에서

하얀 목화송이 펼쳐진 터키의 벌판으로

- 둘째딸 시부모님의 녹우당 회원들과 함께

혼사를 정해 놓고 자그마한 아이들 신혼집을 사러 사돈과 같이 다니는데 소개소에서 꼭 자매 같다는 이야기를 들으며 다녔다. 그 후에도 콘도에서 사돈과, 사돈 여동생과 우리는 유달산, 진도대교, 여러 곳을 구경하며 준비해 온 음식과 싱싱한 해산물들로 장을 봐 와서 음식 솜씨 좋기로 소문난 사돈이 만들어낸 요리로, 방학 때 시골집에 가면 엄마가 준비해 놓은 음식을 맛있게 먹었던 그때처럼 한 침대에서 잠도 같이 자며 친자매처럼 3일을 보냈다.

이번에 지중해 여행을 떠나니 동행하자고 권한다.

30년 지기 친구들과 같이 간다는데 혹시나 어떤 실수라도 하면 어쩌나 하고 몇 번을 망설이고 있는데 같이 다녀오라는 둘째 사위의 권유에 짐을 싼다. 공항에서 나의 가방을 덜렁 들어주시는 안사돈은 내가 팔이 약하다는 걸 아시고 언니처럼 그렇게 보살

▲ 사돈 내외분과 함께 터키 파샤바 계곡에서(초대 성도들의 피난 신앙)

피며 데리고 이곳 터키에 발을 내린다.

이스탄불(Istanbul) 오스만 제국의 찬란했던 역사의 현장 '술탄 압둘메지드' 1세가 몰락해 가는 나라를 구하기 위한 몸부림으로 프랑스 베르사이유 왕궁을 모방하여 초호화판으로 건립한 왕궁을 눈으로 확인하기 위해 나서는 발걸음은 나를 슬프게 한다.

6.25때 참전하여 우리를 돕다 전사한 군인 묘지에 들르니 2002 한일월드컵 때 유행한 붉은 악마 응원단 티셔츠를 입고 있는 묘지지기 할아버지는 간단한 한국말로 인사를 건네며 사진도 찍어 주고 우리들에게 포즈도 취해 주며 묘지를 지키고 있다.

부산 대연동에 살 때의 집에서 보이는 UN묘지에 휘날렸던 터키의 국기라 더욱 정감이 간다. 묘지를 나와서 왕궁을 관람하려

▲ 보스포러스 해협을 크루즈를 탑승하고 지나며

니 마침 그날 왕궁에 어떤 행사가 있어서 입장은 못하고 높은 담
장만 바라보고 돌아선다.

상가는 한산하다. 토요일부터 쉰다고 한다. 그러하니 그 찬란
했던 국력은 쇠퇴해질 수밖에 없지 않았나 하면서 성소피아 성
당으로 향한다.

성소피아 성당

이스탄불(Istanbul), 콘스탄티노블(Constantinople), 비쟌틴 (Byzantium), 아시아와 태평양을 경계로 하는 보스포러스 해협, 이렇듯 이름만큼이나 오스만제국의 슬픈 기구한 운명의 역사와 함께 하는 성소피아 성당이다.

알렉산더대왕이 성모 마리아와 사도 요한을 위하여 세운 성소피아 성당의 중앙에 서면, 천정의 그림에는 이슬람교와 크리스트교가 공존하는 기이한 역사적인 장소임을 실감케 한다. '카파도키아 암석유적지'에서는 나뭇잎에 쓰여진 성서들이 돌 밑에, 장독 속에 보관되어져 여러 곳에서 발견되었다고 한다.

암석의 굴 속에서 생활한 크리스트 교인들의 신앙을 지키기 위한 고난을 체험해 보려 굴 속으로 들어가 본다. 그동안 성서로만 읽어왔던 사실들을 눈으로 하나하나 확인해 보면서 다닌다. 파사바 계곡(일명 버섯바위)을 내려와 노아의 방주에 나오는 아라랏

▲ 성소피아 성당 내부 벽화

산이 저 멀리 보일 것 같은 문화유산의 보고를 뒤로 하면서 달리는 터키의 들판은 하얀 목화송이로 뭉게구름을 펼쳐 놓은 것 같다. 이동하면서 목화 수확하는 사람들이 빨래를 널어 말리는 모습들이 보이는 들판을 하루 종일 그리스로 가기 위해 버스는 달리고 또 달린다. 지루할 즈음 차에서 내려 소금바다(死海)에 발을 담군다.

바다색 스카프를 사서 사돈의 어깨에 둘러 드리고 예쁜 분홍색 티셔츠를 사려는데 가이드가 사지 말라며 더 좋은 것을 살 수 있다기에 사지 않았는데, 가이드가 안내하는 상점에 오니 내가 찾는 색깔이 없다. 겨우 핑크색 티셔츠를 찾아서 'XL'라고 샀는데

 여자여
너를 대접하라

사이즈가 작게 나와서 호텔에 와서 입어 보니 맞지 않아 룸메이트의 파란 색깔과 바꿨다. 물건이란 돈이 있다고 해서 살 수도 없으며 싸고 마음에 드는 것이 있을 때 사서 한껏 만족해 하는 것도 내 삶의 활력소가 된다.

그리스로 가는 도중에 가죽 실크 공장에 차를 세운다. 모델들이 입고 나오는 우윳빛 자켓이 눈에 띈다. 사이즈가 작아서 창고에까지 가서 큰 사이즈를 찾아 입어보고는 하나밖에 없는 옷을 산다는 들뜬 기분으로 카드 결제를 하려니 앗 교통카드를 신용카드인 줄 알고 잘못 가져 왔다.

마음에 드는 옷을 사고 싶어서 하는 수 없이 바깥사돈 카드로 결제하고 말았다. 내 이런 실수를 사돈 친구 분들이 이해하시려

▲ 터키 가파도기아의 버섯바위

나? 돌아와서 입고 나가니 모두들 그 옷을 어디서 샀느냐고 묻는다. 백화점에서도 없고 그리 비싸지도 않은 이 자켓은 나의 노년을 얼마나 살찌게 하는지 모른다.

그리스로 가는 승선 위의 밤하늘 별은 총총히 빛나고 있었다.

터키의 히오스 섬에서

교민 3 사람이 사는 항구다
부부와 딸 하나
그들의 식당은 중국식과 한식을 한다
간판이 중국집으로 되어 있어
우리는 중국 음식점인 줄 알았는데
맛있는 동태탕과 김치가 나왔다
젓갈 맛이 꼭 우리의 것과 같은 맛이다
그들을 남겨두고 그리스로 떠나오는
밤하늘 별들은 외로움에
파랗게 떨고 있다
발걸음은 어느 때와 달리 무척 무겁다

그리스 파르테논 신전과 오륜경기장으로

전쟁과 지혜의 신이자 아테네 수호신인 아테나 여신이 모셔져 있는 언덕의 파르테논 신전에 우리가 제일 먼저 도착했다. 아주 순발력 있고 자부심을 갖고 안내하는 가이드를 만나는 것은 여행 중의 큰 행운이다. 그래서 여지껏 방랑을 멈추지 못하고 있는지도 모르겠다.

가이드가 열정을 다해 해박한 지식으로 한참 설명을 하고 있는데, 병무청에 근무했던 분이 여기가 예수 선전하는 곳이냐며 버럭 화를 내고 끝내 그녀는 눈물을 흘리고 말았다. 그분의 부인은 비행기 안에서도 성경을 읽는 열심인 기독교 신자다. 왜 가이드에게 큰소리 치고 싶었던 것이었을까.

아테네 시내를 한눈에 볼 수 있으며 화려했던 과거를 짐작케 하는 원형극장이며, 이곳에서 시인 바이런은 "에게해의 포도주빛 바다를 보며 영원히 시를 짓겠노라"고 노래하였다는, 지중해

바다의 신 포세이돈을 만나 시혼詩魂을 불러내어 시詩 한 수 배우
고도 싶은 문학의 카타르시스로 가슴이 뭉클해 온다.

　기사 아저씨에게 신의 목소리 '나나무스쿠리' 의 [over the
rainbow]와 '파파로티' 의 [o sole mio]의 노래를 청해서 테이프
로 들으니 이들의 고향에서 듣는 선율은 더욱더 감미롭게 들린
다. 마라톤 결승점 메인 스타디움의 조각상의 젊은 남자의 성기
는 땅을 보게 하고 노인의 성기는 하늘을 보게 세워져 있다.

　국민의 건강을 강조하는 근대 올림픽의 근원지의 위상을 엿볼
수 있는, 손기정 선수가 월계수관을 썼던 메인 스타디움을 뒤로
하고 카이로로 향한다.

▲ 아테네 시내를 한눈에 볼 수 있는 고대 원형 경기장

아테네 오륜경기장

손기정 선수가 일장기 달고
마라톤 결승점 메인 스타디움에
섰던 그 자리
또 다시 태극기가 휘날리기를
월계수 잎을 따서 하늘에 날려 본다

메인 스타디움에 서 있는 두 기둥에는
조각상의 젊은 남자의 성기는 땅을 보고
나이 든 남자의 성기는 하늘을 보고 서 있다
이토록 건강을 강조하며
근대 올림픽 위상을 자랑하며 서 있다

이집트로

이집트인들은 별은 어디서 왔는가? 천둥은 누가 만들었는가? 죽음과 병마에 대하여 등, 이 많은 질문에 대해서 최선을 다해 답변해야 하는 사람들이 생겨났다.

그들을 사제라고 불렀다.

절대자 파라오 왕이 영생을 누리기 위해 만든, 국력을 낭비한 결과가 오늘 이 지경으로 만들었나 보다.

이집트를 가보지 않고는 지옥과 천당을 논하지 말라 하지 않았던가. 카이로에 모래바람이 펄펄 날리는 스핑크스, 피라미드가 당키나 한 여행인가. 내 조상 묘소도 자주 못 찾아뵙는데 황량한 무덤 동굴에 서 있다.

아기 모세가 바구니에 담겨 떠내려 왔다는 카이로, 지금도 기독교인들은 무덤가에서 죽은 자와 산 자가 같이 살아간다.

아직도 박해가 자행되고 있는 이곳에서 사도 요한의 전도가 헛

▲ 이집트의 문화유적지

되지 않기를 간절히 기도 드려 본다.

　어느 여행자는 '떠나기 위해 길을 떠날 뿐이다' 라고 했던가,
황량한 사막에 서 있는 나는 누구인가.

스핑크스

기원 전 1400년경 투트 모세 4세가 왕자시절 사막 사냥
을 나갔다가 지쳐 스핑크스 머리맡에서 잠이 들었다. 그때 스핑
크스가 현몽하여 숨 막히는 모래 속에서 나를 꺼내 주면 왕이 되

▲ 스핑크스를 뒤로 하고

게 해 주겠다고 약속하였다.

그는 즉시 모래에서 스핑크스의 모습이 드러나게 해 주었으며 후하게 제사를 지내 드렸다. 원래 왕 서열이 멀었던 그가 훗날 정말 왕이 되었을 때 스핑크스를 다시 신으로 모시고 그 옆에 신전을 세워 주었다.

오늘 스핑크스를 보러 이 더운 모래 벌판에 서 있는 나 자신은 무엇을 보고 느끼며 가는 것인가?

이때 사돈이 빨간 면 모자를 사서 내 머리에 씌워 준다.

쓸쓸히 혼자 서 있는 오벨리스크

람세스 2세가 시리아를 원정하여 두 말이 끄는 전차 위에서 히타이타군을 무찌르는 파라오의 용감무쌍한 모습과 람세스 2세가 상하 이집트를 통일했다는 뜻을 새긴 것이다.

29세의 촉망받는 청년 장교 나폴레옹과 보아르네 자작과 결혼한 두 아이의 어머니인 조세핀은 총재 정부의 핵심인사였던 바라스와 내연의 관계를 맺고 있었으며 두 사람을 소개한 것도 바라스라고 한다.

첫눈에 반한 나폴레옹은 숱한 연애편지를 써 보내며 구애를 했다고 한다.

'씻지 말고 기다리시오. 내가 곧 가겠소.'

이 유명한 말은 사랑에 빠진 나폴레옹이 조세핀에게 한 말이다. 전쟁의 승자 나폴레옹에게 아내 조세핀의 말 한 마디는 오벨리스크 하나를 파리광장 한복판인 이국땅에 서 있게 하고, 하나

▲ 오벨리스크

만 여기 혼자 쓸쓸히 서 있다.

우리나라도 1800년에 프랑스가 강화도를 침범한 병인양요 때 규장각 도서를 찬탈해 가지고 가서는 김영삼 대통령 재임시절에 미테랑 대통령이 방한하였을 때 반환하겠다고 약속하였으나 사서가 거절하여 돌려받지 못하고 프랑스에 아직도 억류되어 있다.

혼자 서 있는 오벨리스크와 우리의 빼앗긴 규장각 도서는 '국력은 곧 문화다' 라 감히 외쳐 본다.

룩소르의 카르나크 신전 앞에서

마더 테레사 수녀는 "인생이란 남루한 여인숙에서 하룻밤 머무는 것이다"라 하지 않았던가.

나무 한 그루 풀 한 포기 없는 황량한 사막에서 허물어진 피라미드를 보니 헛헛한 가슴으로 숨이 막혀 온다.

카르나크 신전은 역대 파라오들이 즉위할 때마다 증축하여 그 웅장함이 세계 최대라 한다.

피라미드는 4천년을 침묵하며 서 있다. 람세스 3세가 리비아 원정실패로 이집트 국력은 쇠퇴의 길로 접어들었으며, 이집트 왕실의 권위는 사라지고 신관들마저 그들의 신분과 신전만 보장을 받으면 조국이야 망하든 말든 방관하였다.

알렉산드로 대왕이 신전을 참배한 후로는 그를 새로운 시대의 파라오 신으로 모셨으니 클레오파트라 여왕의 자살로 찬란했던 이집트의 시대는 막을 내린다.

▲ 룩소르의 카르나크 신전

　4천여 년 전 찬란했던 문화의 흔적을 찾아 황량한 사막에 나그네들만 들끓고 있다. 절대 권력자 파라오의 위선과 독선이 이들의 삶을 이 지경으로 만들어 놓은 왕가의 계곡 멤논의 거상, 영원히 살겠다고 사후세계를 벽화로 장식한 찬란했던 왕들의 무덤을 뒤로하고 차에 오르는데 일행 중 한 분이 30년 동안 손에 익었던 캐논 카메라를 필름이 다 되어서 가방에 넣어 차안에 두고 내렸다고 한다.

　부부가 상공에서 찍은 와디 계곡도 담겨 있는데 필름이 아깝다며 동동거린다. 일행 중 다리가 아파서 차에 계신 분과 가이드와 운전수와 조수도 차에 남아 있었다.

그중에서 차에 남았던 분이 제일 난감해 한다. 그때 현지 가이드가 갔다 오겠다고 하여 괜한 헛수고만 할 것이라 모두가 가지 말라 말렸다.

그런데도 가더니 관광안내소에 카메라가 맡겨져 있더라 하며 가지고 온다. 찾으면 크게 사례를 하겠다더니 화장실 갈 때와 올 때 마음은 다른가 보다.

이 황폐하고 모래바람 날리는 지옥 같은 룩소르에서 순수한 이집트 사람들의 영혼이 맑은 사후세계를 믿고 살아가는, 피라미드를 뒤로 하고 아랍에미리트 검은 황금 두바이로 향한다.

상공

구름 위
또 한 세상
구릉지
솜털길이 일어서 간다
누가 누가 살까

이 세상 못다 한
영혼 너울너울
바람 안고

나비 되어 오르며

와디 계곡에
제우스 에로스
알몸으로 나뒹군다
은빛 비행
흠칫

이승과 저승
무지개 편지 싣고
저만치 하늘 날아간다

▲ 룩소르

10부

누가 인생을 티끌이라 했던가

세계여행 자유화가 1989년도에 발표되었다. 여자는 해외여행도 마음대로 갈 수 없다가 그 첫해는 어머님을 먼저 가까운 중국으로 모셨다.

본인의 아들보다 못생겼다고 결혼을 반대하셨던 어머니께서 여행에서 돌아와 풀어 놓으시는 선물이 색조 화장품이다. 내가 바르지도 않는 의외의 것이어서 깜짝 놀랐다. 바르고 예쁘게 꾸미고 본인 아들과 맞춰서 살라는 배려일 것이다. 마스카라까지 여러 색깔의 이중으로 된 불란서제 탈렌트라는 것을 파리 출장 갔다 오는 직원한테 선물로 받아놓은 것이 있어도 많은 사람들이 사용하지 않던 시기라 호기심 많던 여대생 큰딸이 마스카라는 쓰고 그대로 둔 상태일 때다.

저승 가면 첫 관문에서 어디어디를 다녔냐고 묻는다며 어머님은 국내 여행은 계모임을 해서라도, 중풍이신 아버님을 이모님께 부탁하면서도 다니는 여행가셨다. 나는 친정어머니의 차멀미, 배멀미, 비행기 멀미까지 이어받아 남이 태워주는 자전거도, 시골 소학교 하굣길에 소달구지도 어지러워서 타지 못했다. 농촌 모내기 일손 돕기 갔을 때도 일렁이는 논물에 멀미가 나서 모내기는 못하고 못줄만 잡아주었던 기억이 여태껏 남아 있다. 아무리 유람선 여행이라고 해도 배멀미는 어떤 교통수단보다 심한 것이다.

박정희 대통령 때 경제인들을 격려해 주기 위해 선상회의를 하였던 유람선으로 한국에서는 AJ여행사에서 일반인에게 처음 시도하는 유람선 여행이다. 인천항에서 떠나 홍콩, 중국, 일본, 말레이시아, 필리핀, 싱가폴까지 12층의 독일 전함을 개조한 영국 선적의 크루즈 여행이다. 배에 오르니 뱃머리에 서서 악수를 청해 오는 선장의 환영과 이를 사진사가 찍어주는 장면부터 여행의 시작이었다.

우리나라와 중국이 수교가 되지 않은 때 1989년도에 중국으로 민항기가 처음 떴을 때도 그 자리에 그는 있었다.

이번 크루즈 여행은 몹시도 망설이다가 '내가 언제 이런 비싼 여행을 하겠는가' 하며 내키지 않는 걸음을 나섰던 것이다. 모든 것이 조심되고 하늘도 마음대로 올려다 볼 수가 없는 초라한 몰골에 나도 모르게 소스라치게 놀라고 있을 때 회사의 배려로 나선 여행이다.

선실의 유리창에 바닷물이 찰랑이는 칠흑 같은 어둠에 나의 밤은 눈물인지 바닷물인지 이대로 물밑으로 사라질 수는 없을까?
날이 훤하도록 책을 즐겨 읽던 그가 몹시 그립다. 나는 돌아오지
않는 여행을 생각해 본다. 오직 바람과 파도뿐인 그 밤의…….

나뭇잎 하나

이렇게 작아질 수가
내가 바랄 수 있는 건
내게 주셨다며
내 만족을 위해
나는 살았다

퍼드덕 날아 보려도
날지 못하고서야
작아지고 낮아지는
연습도 할 사이도 없이
가시에 찔리는
낙엽이 되었다

한식 식당에는 조선호텔 부조리장까지 따라와 미역국이며 우
리 입맛에 맞는 음식들로 가득 차려졌다. 아침 해 뜨는 선상 맨

위층에서 모닝파티부터 이어져 영화관, 독서실, 바둑교실, 꽃꽂이 강사도 초빙하여 조선호텔을 몽땅 옮겨다 놓은 것 같은 하루하루가 진행된다.

이브닝 파티에 이은하가 비행기로 시간 맞춰 날아오고 이하원의 사회로 멋진 쇼가 진행되는 영국 무희들의 쇼는 눈을 현란하게 만든다. 하루 프로그램 중 춤 교습이 있어 소질이 있는 사람들은 낮에 가볍게 춤을 익혀 저녁에 있을 파티를 준비하고 일렁거리는 배 위도 며칠이 지나니 모두가 일상생활처럼 진행된다. 처음엔 배 안에 엘리베이트가 있고 이상한 나라에 온 것 같았지만 며칠을 배 안에서 어떻게 지내야 할까 하고 걱정을 했는데 그건 기우였다.

아침부터 선셋 모닝 파티(Sunset Morning Party)가 배 최상층에서 간단한 빵과 커피로 시작되어지며, 한낮에는 작열하는 선상의 옥상에서 얼음조각 쇼며 춤의 향연으로 뜨거운 햇살 아래서 사람들은 물고기마냥 할딱이며 모두들 춤을 춘다. 망망대해를 바라보는데 문득 나뭇잎 하나만도 못한 나를 발견하고는 가슴을 쓸어내린다.

이 큰 배도 저 파도에 휩쓸려 들어가면 한 점에도 지나지 않는 작은 하나의 점도 아닌 것을 발견하고는 가슴을 쓸어내린다. 이브닝 파티도 끝나고 이윽고 밤이 되니 침대 맡 유리창에 찰랑이는 암흑 같은 바다 속이 두렵기도 한 이 한밤 만감이 교차하여 잠을 설쳐도 냉정하게 아침은 밝아온다.

그 나라 항구에 도착할 때마다 악대들이 나와서 환영해 주는 퍼레이드가 펼쳐진다. 배에 탄 사람은 한국 사람이지만 선적은 영국 국기를 휘날리며 항구에 닿는다. 부두에 관광버스가 와서는 우리를 태우고 육지관광을 시작하며 카메라 하나만 메고 나가는 편리한 여행이다. 한국에서는 첫 유람선 여행이라 부산 서울에서 VIP 손님만 모신 여행이다.

아이들에게도 달러($)를 주어서 건전한 파친코도 당겨 보게 하는 여유 있는 사람들이다. 저녁파티 때면 준비해 간 옷으로 매일 밤 갈아입고 지정석에 안내를 받으며 항구에 닿을 적마다 선적한 신선한 과일로 식탁이 마련되어진다.

영어를 잘하는 필리핀 사람들을 고용하여 의사소통을 배려하였다. 이브닝 파티의 특별지정석에 그이 대신 내 이름이 적혀 있는 자리는 수만 개의 바늘이 꽂혀 있는 방석 같았다. 손을 어디다 두어야 할지를 모르는 그런 자리였다.

홍콩 쇼핑몰에서

나는 국산품을 애용하자는 구호 아래 자랐으며 월급쟁이는 외제니 수입이니 하는 물건들은 어림도 없는 사치라고 생각했다.

그런 것은 선물로 사다 준 것으로만 쓰는 줄 알았다. 홍콩 쇼핑몰에 진열된 물건을 구경만 하며 그가 찍어온 사진 속의 그 자취를 더듬는다.

나 혼자 온 것이 아니라면서 사진 속의 장소를 맞추어 보며 회상에 젖어 본다. 여행에서 돌아온 나에게 세 아이들은 큰절을 한다.

'엄마 역할을 잘해 달라' 는 부탁의 무언의 뜻으로 받는다. 며칠이고 어지러워 꼭 배를 타고 있는 것만 같다.

세 아이의 큰절

준비되지 않은 나에게
항해를 맡긴 세 아이
서투른 선장 되어 뒤뚱댄다
파도가 삼켜 버릴 듯 넘실대는 바다에
배의 노도 저을 줄 모르는
방향키도 알 수 없는 캄캄한 미로다
그런데도
아이 셋은 큰절로
나를 선장으로 등 떠민다

그 이듬해 다시 유람선에 오르다

나를 망각의 심연에 빠뜨리기 위해서 떠난다. 모두가 작년에 왔던 사람들이다.

비행기 타고 이 나라 저 나라 보따리 싸지 않아서 좋다며 크루즈 여행이 최고라 하면서 또 온 사람들이다. 사실 여행은 가벼워야 한다.

그 가벼움이란 도망이거나 회피가 아닌 나를 제대로 돌아보며 새로운 땅의 넓이에 나를 내려놓는다. 이렇게 낯선 사람들과 어울려 오니 스스로 헤치고 가야 할 앞날과 꼭 필요한 소용 있는 물건을 저렴하게 사지 않으면 안 되게 된 내 처지가 꼭 사회 초년생 같기만 하다.

중국 만리장성을 내려올 때는 일본 학생들을 만나 '무가시 바나시'로 배운 일본어로 가벼운 대화를 나눌 수 있어 모처럼 기분이 한결 가볍다.

홍콩에서 케이블카를 타고 갈 때 옆에 앉은 프랑스 사람이 어디서 왔느냐고 하기에 88올림픽이 열린 한국에서 왔다고 하여도 무엇 타고 왔느냐며 자꾸 묻는다. 유람선 타고 비행기 타고 왔다며 대답을 할 때 자꾸만 '히꼬끼' 이 말만 나오고 비행기(flight) 단어가 까마득히 생각나지 않는다.

일본어를 조금 공부한 정도로 일본인을 만났을 때 간단한 대화는 할 수 있었기에 불편을 덜었는데 이제는 영어로 말문을 터야 하는데 어순이 같은 일본말만 나오고 영어는 한 마디도 나오지 않는다.

언제 우리의 아름다운 한국말이 공용어가 되어 편안하게 쓰이게 될, 그런 아득한 바람도 해 보면서 우선 영어를 구사할 줄 안 다음에 일본어를 해야겠다며 그날로부터 일본어는 쳐다보지도 않고 혀를 뒤로 밀어 넣는다.

10여 년이 지난 후 영화 '타이타닉'을 보니 뭘 모르고 크루즈 여행하였던 그때가 오싹해 온다.

만리장성에서

만리장성은 북쪽에 흉노족을 막으려고 쌓은 성이며 제후들이 자기 나라에 각각 쌓았던 것을 진시황제가 서로 연결시켜 완성되었다. 성의 길이가 장장 240km이며 백여 만 명이 9년에 걸쳐 완성했다는 이 성에 옛 원기들이 잠들지 못하고 오늘 우리를 맞아준다. 어마어마한 팔달령의 능선의 길이와 대장정을 둘러보면서 우리나라의 산성이나 읍성과는 달리 폭과 넓이가 어마어마하다. 과연 진시황은 역사의 한 장을 자신의 욕망과 이상으로 세워 놓고 15년 만에 허망하게 죽었다. 강력한 대신들이 백성을 몹시 힘들게 한 정치 때문에 농민 반란이 일어났다.

한나라는 400년 넘게 번영했으며 흉노족을 멀리 고비사막 너머로 쫓아냈을 때 천고마비라는 말이 생겼단다. 무제는 흉노족을 물리치려고 한 것이 실크 로드(silk road)가 만들어졌으며 하늘에서도 보인다는 사람이 만든 초인간적인 힘으로 만든 걸작품을

▲ 만리장성

뒤로 하고 하룻밤을 자도 만리장성을 쌓는다는데, 홀연한 이별
에 몽유병 환자가 되어 환청 속에서 허공을 헤맨다.

천안문 광장

햄버거 간판의 할아버지가
붉은 깃발 사이로
북경대학에 서 있다
학생들의 뜨거운 피
천안문 광장에 흐르고
자유는 곧 피다

이화원

불교 사원이 많은 우리의 눈에
익은 듯한 절(寺)들로 지루할 즈음
이 넓은 호수를 인공으로 만들었다니
중국 사람들은 끝없는 도전에 대국이라는
칭호를 얻었는가 보다
더구나 서태후(자희태후)
여황후가 만든 것에 더욱 놀라게 된다.

상해에서

상해 임시정부 청사 윤봉길 의사의 이토 히로부미 살해를 위한 도시락 폭탄사건이 있었던 홍구 공원을 둘러 보니 "너희도 만약 피가 있고 살이 있다면 반드시 조선을 위하여 용감한 투사가 되어라"라는 유언과 어린 아들 둘을 아내에게 잘 키워달라는 부탁의 마지막 유서를 남길 때의 그 비장한 모습을 떠올리며 명복을 빌어 드린다.

공원을 뒤로 하고 옵션으로 실크공장을 견학하면서 우리는 학생들처럼 호기심에 가득 찬 눈으로 둘러보며 어릴 때 누에고치 키우던 방에 밤새 사그락 사그락 하던 꼭 비 오는 소리처럼 들렸던, 그 많던 뽕잎을 다 갉아 먹던 누에가 문득 떠오른다.

15년이 지난 오늘 다시 오니 그 공장이 그대로 있어 무척 반갑다.

주변은 초고층 건물들로 바뀌었으며 선착장에는 거지들로 붐

벗는데 경제가 좋아져서 이제는 보이지 않는 걸까.

그때보다 내의는 실을 아끼느라 'XL' 인데도 'L' 사이즈 만큼
도 되지 않는다. 그래도 스카프를 옷 색깔에 맞춰 사고 내의도 한
벌 샀다. 남은 내 여생을 따뜻하게 지켜줄 것이라 믿으며 발길을
옮긴다.

홍구 공원

임의 가신 그 길
나라 위해 가셨건만
아비 잃은
어린 두 아들
여인 홀로 키우기엔
너무 벅차라
뉘라서 그 설움 알리요

방콕의 산호섬으로

푹푹 찌는 방콕에 해저관광이며 잠자리 공원, 코끼리 쇼를 여행일정에 따라 낮에는 돌아다니다 밤에는 옵션으로 서커스 쇼를 보러 간다기에 호텔 수영장에서 수영을 하기로 하고 남았다. 낮에 데워진 적당한 온도로 수영장은 연인들의 데이트 장소며 별들의 향연이 펼쳐지는 커다란 물항아리 같다.

낮에 쌓인 피로를 가벼운 수영으로 풀고 나오니 벗어 놓은 슬리퍼가 없어졌다.

선녀는 날개옷을 잊어버렸다는데……. 맨발의 그들에겐 값비싼 슬리퍼는 신어 보고 싶어 자주 없어진다고 한다. 다음날 유리 바닥 밑으로 바다 속이 환히 내려다보이는 바다 궁전은 열대어들의 춤사위로 장관을 이루었다. 돌아오는 길에 열대 과일로 말린 과자를 사서는 팥빙수에 넣어서 씹히는 맛을 세 아이가 좋아해서 슬리퍼 잊어 버린, 발바닥 달구었던 고문도 잊어 버렸다.

▲ 방콕에서 코끼리쇼를 감상하며

별을 뿌려놓은 풀장에서

물 위에 별이 둥둥 떠다닌다.
한 움큼 손바닥에 올려놓고
눈 맞춤해 보리
내 눈 속에 새겨진
한 장의 사진 꺼내
밤의 향연에 입맞춤하여

물 위에 띄워 보낸다
연인들은 미끄러지듯
한 쌍의 인어가 되어 너울대는
이국의 밤 하늘 아래 서서

싱가폴의 바다 정류장

대양의 바람도 비껴가는 작은 거인 싱가폴, 바다의 길목 통행세만 받아도 이 작은 섬나라 GNP가 된단다. 다민족이 함께 살아가는 이광요 수상이 이끄는 싱가폴은 사촌까지도 우물에 빠뜨려 죽이면서까지 공무원의 부조리를 척결했단다.

영국 옥스퍼드 대학에서 전무후무한 학점을 받은 위대한 영도자가 이끌어 가는 작지만 큰 나라다. 유치원생부터 영재를 키워서 한 사람이 백만 명을 먹여 살리는 싱가폴을 15년 전에 유람선으로 왔을 때나 지금이나 서민들이 먹는 노점의 음식 값은 그대로다. 위생을 철저히 감독하며 담당직원을 3사람씩 조를 짜 서로 감시하며 부조리가 없게 엄하게 다스린다.

아들이 수상인데도 아버지는 시계 수리공으로 일하는 이 작은 섬나라에 공사가 한창이다. 어떤 것으로 선을 보일지 기대를 해본다.

필리핀 아키노 수상이 이 나라에 오면 햇볕에서 일하는 사람은 제나라 국민들이라 제일로 부끄러워한 일화가 있다. 후진국이었던 우리나라를 18년간 온갖 비난을 받아가면서 '토착적인 민주주의'를 이끌어 낸 영도자의 노고로 오늘 해외 관광이란 듣지도 보지도 못한 여러 문물들을 접하면서 다닌다.

가이드가 "껌을 길바닥에 뱉지 말라" 한다. 로마에 가면 로마법을 따르라고 벌금이 무서워 우리를 오금 저리게 하는 싱가폴, 작지만 신뢰가 가는 나라다.

쌍용건설이 세운 우뚝 솟은 초고층 빌딩의 대한의 위상만큼이나 훌륭한 이 나라 수상을 닮은 리더가 우리에게도 또 다시 나타나길 소원해 본다.

아파트 한 층을 비워둔

대양의 바람이 지나는 섬나라
바람도 비껴가게 하는
건물에 숭숭 구멍 뚫린
작은 섬에 나비가 난다
희망이 난다

베트남에서 사이공까지

공항에 내리니 시골 간이역 같은 역에 낡은 선풍기가 더운 바람을 몰고 돌아간다.

전쟁이 끝난 뒤라 여기저기 도로에 검은 탄환이 묻은 흙은 숯검뎅이 같다.

월남 힐튼 호텔은 여기서는 택시기사 보고 대우호텔 가자면 다 알아 들으며 택시도 대우차 밖에는 없다.

'할 일은 많고 세계는 넓다' 던 김우중 님의 웅지가 펼쳐져 있다. 전쟁이 끝난 어수선한 이곳의 젊은이들은 찌는 듯한 더위에 오토바이를 타고 우르르 몰려다닌다. 전쟁 뒤 세계 각지에서 몰려온 사람들이 자국의 이익을, 본인 사업의 이익을 찾아 몰려와 웅성댄다.

나는 가져간 한복을 입고 나갔다. 88올림픽 이후 한복은 우리 대한민국의 고유 의상이라는 것을 아는 사람들도 많다. 그들은

▲ 한복 차림으로

나를 보고 뷰티, 원더풀이라 한다. 어쩜 저들은 칭찬을 하려고 사는 사람 같다. 모르는 사람에겐 코리아 드레스라고 알려준다. 내 어디가 예뻐서 이토록 찬사를 받을 수 있을까.

한복 한 벌로 이렇게 찬사를 받으니 장롱 속에 두지 말고 여행지에 꼭 챙겨 가야겠다.

베트남의 결혼식

　베트남 아가씨와 친구 아들의 결혼식을 축하해 주려고 갔다. 아가씨는 월남에서는 2년제 대학까지 나온 중산층 집의 딸이다. 한국에 와서 회사에 근무하다 미모가 출중하여 기업홍보 화보에 실린 미인이다. 총각이 아가씨한테 반해서 여기 월남까지 따라왔다.

　결혼식을 하지 않고는 외국인은 처녀 집에 드나들 수가 없으며 당국의 감시를 받아야 하는 법적인 문제로 이번에 결혼식을 올린다. 저녁 때 처녀 집에서 마을 사람들이 모여서 3일 전부터 잔치는 시작되며 처녀의 삼촌은 월남전에 참전한 전쟁 영웅이라며 거들먹을 피운다.

　세계 1등 국민인 미국을 이겼으니 자기들이 더 우위란다. 여기 사람들은 거의 깡마른 체격인데 이분은 제법 뚱뚱하다. 어느 나라든 잘 사는 사람들은 배가 나오나 보다. 습기가 많아 1층은 마루가 깔려 있고, 60년대 우리나라 시골집 헛간 수준이며 문설주 위에 봉조棒組라고 쓴 우리의 부적 같은 것을 붙어두었다.

조상을 숭배하는 풍습은 우리와 닮아 있다. 잔치에 온 사람들의 이빨이 새까맣게 되어 있어 썩었나 하고 생각하였더니 과일물이 들었다는 것을 뒤늦게 알고 웃었다.

프랑스의 통치를 오래 받아 와서 1층과는 사뭇 다른 2층 방에는 침대가 놓여져 있으며 꽃으로 예쁘게 치장된 어느 유럽에 온 것 같다.

호치민의 무덤

아침 일찍 호텔에서 가까운 곳에 있는 호치민 무덤을 여기까지 온 김에 구경하고 가라며 보내 온 차로 들렀다. 내 심장으로는 유리관 속에 누워있는 시신을 볼 수가 없어서 나와서 공원을 한 바퀴 돌아보았다. 전쟁의 승자가 되어 죽어서도 유리관 속에 안치되어 있다. 그래서 전쟁은 죽기 살기로 많은 사람들을 희생시켜 가며 치열하게 목숨을 내놓고 싸우는 건가 보다.

메콩강 삼각주

흙탕물의 메콩강 물을 거슬러 페리를 타고 삼각주에 도착하니 사촌오빠가 월남 파병군으로 갔을 때 보내온 엽서에 있던 길고 가느다란 장난감 같은 배를 보았던 그 배가 메콩강 삼각주 물풀 속 여기저기를 헤집고 다니며 관광을 시켜 준다.

도마뱀이 손에 잡힐 듯 달아나는 강기슭을 9살이라는 소녀와 소녀의 오빠 11살 남매의 어린 뱃사공이 노를 젓는다.

1달러의 운임을 받는데 2달러를 손에 쥐어주는 온정의 손길도 있다. 열대 과일로 만든 우리의 호박엿 같은 엿으로 메콩강 물고기에게 던지는 선심을 쓰고는 넓은 바다 같은 파도가 이는 강물을 거슬러 오른다.

하노이 공항에서

우리나라 동대문시장에서 옷을 사서 월남으로 가지고 들어가는 사람들에게는 그 옷을 다 팔았을 때 남는 이익과 맞먹을 만큼 세관을 통과시켜 주는 대가로 돈을 요구한다. 얼마나 달라 하느냐고 물으니 20달러($)를 요구한다고 하며 죽을 맛이라고 한다.

내가 보기에는 여름옷이라 다 팔아도 이익금이 얼마 되지 않을 것 같은데, 엄청난 액수를 요구하는 후진국의 면모를 입국 때부터 보고 나니 씁쓰레한 기분이 든다.

출국할 때 김포공항에서 월남 아가씨들이 때 아닌 가죽잠바, 레자잠바를 걸치고 본국으로 돌아가는 것을 보고 이상하게 생각하였는데, 공항에서의 이 장면을 목격하고 나니 이해가 간다. 월남의 겨울 날씨는 우리나라 초가을 정도의 기온인데도 이들에겐 우리가 느끼는 겨울 한가운데 같이 느낀다고 한다.

 여자여
너를 대접하라

우리가 70년대 밍크코트 입은 사람들을 보고 얼마나 부러워했던가? 아마 저 아가씨들도 그런 기분으로 뽐내며 때 아닌 가죽잠바를 입고 자기 나라로 돌아가는가 보다.

월남에 입국할 때는 비리세관원들의 모습에 속상했는데, 또 출국을 하려고 선 줄은 줄어들지가 않는다. 여권의 사진과 확인하여 그들이 찾고 있는 범법자가 아니면 통과시켜 줄 일이지 안경 너머로 아가씨들과 농담을 건네고 있으니 도시 줄이 줄어들지 않는다.

비행기 출발 시간이 되어도 탑승을 하지 못하니 항공사 직원들이 피켓에 쓴 이름을 호명하고 다니며 찾는다. 뒤에 서 있던 사람이 앞으로 가서 통과시켜 주고 하니, 내 옆에 줄을 서 있던 비즈니스를 한다는 남자 분은 발을 동동 구르며 '울화가 치밀어 와도 말 한 마디 할 수 없다'고 하며 '이놈의 후진국 인간들' 하면서 분을 삼키며 출국 대열에 서 있다.

모두가 지나간 우리의 거울보기인 것 같아 웃음이 나온다. 두 번 다시 올 곳은 못된다며 우리나라 국적의 기내에 들어오니 이미 도착한 기분이 든다.

하롱베이로

하노이를 갔다 온지 몇 해가 지나서 용이 내려왔다는 하
롱베이를 조선일보의 화려한 화면에 매료되어 몇 년 전 돌아올
때 공항의 지긋지긋했던 기억을 떠올리며 방랑자가 되어 또 짐

▲ 선상에서 바라본 베트남 하롱베이

▲ 베트남 하롱베이 선상에서

을 챙긴다. 처음 왔을 때의 모습은 간 곳이 없다. 그때 대우가 건설하던 도로며 공항, 골프장은 일본인들이 개발하여 아파트도 마트도 여기저기 지어져 있다.

바닷가에도 여느 해변의 콘도처럼 변해져 있으며 다 계획하고 짓다가 도망자가 된 김우중 님의 꿈은 송두리째 뭉개지고 멍석만 깔아놓았다. 이런 우리의 손실은 어디서 보상 받을 수 있나 씁쓸한 회한이 든다.

월남에도 우리나라 유관순 같은 열사가 있어서 석회석으로 되어 있는 땅을 호미 하나로 파서 메콩강 땅 밑에서 아이들에게 교육을 시키고, 지상과 똑 같은 생활을 하였으며 무기를 만들고 공장을 돌렸다.

아침 물안개가 피어오를 때 밥은 하루치를 지어서 먹었으니 땅 밑에서 연기 한 점 올라오지 않았다. 세계 최고를 자랑하던 무기도 레이다로 전송되는 무전을 이 땅굴에서 도청 당해 버렸다. 어처구니없게도 미국에 패배를 안겨주었던 이 땅굴에 들어가느라다초점 안경을 잃어버리고 입국 신고서도 작성할 수 없었던 기억들이 월남의 비처럼 후두둑 지나간다.

하롱베이

섬 3천개가 어우러진
용이 내려와 꿈틀대는
하롱베이
후둑둑 비가 내린다
아마도
용의 하품인가 보다
잡힐 듯 눈 앞에 펼쳐진
산들이
용을 타고 떠있다

11부

북유럽으로 나서면서

키다리 안데르센 동상 앞에서 미운 오리 새끼가 되어 본다.

새마을운동의 원동력이 되게 하였던 유태영 학생은 이 나라에 와서 농사짓는 법을 배워서 굶지 않는 나라로 만들겠다는 일념으로 국교도 수교되지 않았던 그때, 주소도 모르면서 덴마크 왕실에 편지를 보낸 청년 유태영의 간절한 기도는 덴마크 왕실을 움직였다.

유태영 박사님은 땅 한 마지기 없는 전라도 장수의 가난한 집에서 태어났다. 자식 하나라도 까막눈을 뜨게 해 줘야 된다며, 광주에서 고등학교 교편을 잡고 있던 집안 아저씨의 권유로 늦게 초등학교에 들어갔다.

졸업을 하고 남의 집 꼴머슴을 하고 있을 때, 공부도 못했던 아이들이 중학교 교복을 입고 학교에 갔다 돌아오는 것을 보고는 공부해야겠다는 결심으로 읍내 장로님 댁에 가서 아이 둘을 가르치면서 중학교를 마쳤다.

영등포에 와서 밤에는 글을 배우고 6.25 직후 모두가 궁핍할 때 낮에는 구두닦이로 미군부대에서 나오는 음식물 쓰레기로 만든 꿀꿀이죽도 며칠 만에 먹을 수 있었단다.

그 속에는 담배꽁초도 들어있어서 쌉싸래한 맛이었으며, 봄이 되어서야 한강다리 밑에서 옷을 빨아 말리면서 목욕을 하였다던 간증을 들었다.

야간 고등학교를 졸업할 수 있었던 것에 감사하여 미군 선교사를 도왔으며, 덴마크 왕실의 도움으로 이 나라에서 배우고 돌아온 유태영 박사를 모셔다 하루 만에 청와대에 사무실을 차려 소신껏 일할 수 있게 맡겨서 1차, 2차 5개년 새마을운동을 성공적으로 이끈 지도자를 떠올리며 오늘 이렇게 덴마크를 여행할 수 있음에 감사 드린다.

아프리카 잠비아에서 지리산 고등학교로 유학 와서 서울대 농경과에 수시 입학한 소년의 포부를 TV에서 보고 들었다. 덴마크가 청년 유태영을 조건 없이 공부시켜 준 것과 같이 우리나라도 받았던 나라에서 나누는 기사를 읽었다.

이 나라는 사회보장제도가 잘 되어 있어서 여행자도 무료로 의료혜택을 받는다.

덴마크 코펜하겐(Copenhagen) 바닷가에 앉아있는 인어공주 동상은 '카를스베르' 맥주회사의 2대 사장 카를 야콥센(Carl Jacobsen)

▲ 덴마크 코펜하겐의 인어공주상

이 왕립극장에서 상영된 발레의 인어공주 상을 만드는 것을 추진
하였으며, 인어공주의 실제 모델은 왕립극장의 프리마돈나이었
으며, 그것이 인연이 되어 나중에 인어공주를 조각한 조각가의 부
인이 되었다 한다.

"우리는 할 수 있기 때문에 하는 것이 아니라 언제나 해야 하
기 때문에 하는 것이다."

톨스토이의 철학이 유태영 박사를 있게 한 원동력이 아니었을
까.

인어공주 상을 뒤로 하면서 실랴 라인(Silja line) 유람선에 오른
다.

안데르센 동상 앞에서

키꺽다리 안데르센 팔이 길어
걸을 때면 허수아비 같았다네
아이들의 놀림감이 되었지
그래도 절망하지 않고 꿋꿋이 버틴 끝에
미운 오리 새끼 동화가 탄생되었다
아이들이 왕따시켜도 난 겁날 것 없다
'나는 남보다 다른 나다' 라 외치며 서 있다

핀란드의 헬싱키 대성당에서

성북동에 핀란드 대사관이 있어서 낯설지 않은 눈에 익은 친숙한 나라 같다.

원로원 광장(Senaatintoridptj)에서 30분 자유 시간을 주어서 헬싱키 대성당을 둘러 보러 갔다.

입구에서 성당에 미사 보러 가는 사람만 들여보낸다. 화장실만 사용하고 가는 관광객들이 하도 많아 통제를 하는가 보다 하면서 성당 내부도 궁금하고 기도도 드릴 겸 들어갔다가 5분이나 남은 시간에 왔는데도 벌써 일행들이 차에 다 타고 자리에 앉아 있어 민망하였다.

▲ 핀린드 헬싱키 대성당

록(Rock) 교회

일명 록(Rock) 교회는 바위를 최대한 자연스런 형태로 보존하면서 세운 1969년에 완성된 바위를 뚫고 돌을 쌓아 만든 암석 교회로 돔의 유리창을 통해 들어온 채광이 거친 바위에 부드럽게 반사되어 내부에는 아늑한 분위기를 만들어 주는 자연의 포근한 느낌을 받는다. 우리도 설계자 티모아, 투모오 형제처럼 멋진 설계를 해 볼까나.

시벨리우스 공원(Sibeliuksen Puisto)

우리의 군가 같은 시벨리우스의 핀란디아(Finlandia)가 여행자의 지친 걸음에 힘을 불어넣어 주는 것 같다. 스텐인리 파이프로 만든 기념비가 있는 흉상 앞에서 시벨리우스의 곡 [달빛]과 우리의 [아리랑]을 첼리스트 정명화가 협연하였던 멜로디를 떠올리며 어두운 밤 둥근달이 은은히 비춰오는 듯한, 꼭 우리의 가락과 흡사하여 나그네를 향수의 카타르시스로 이끈다.

시벨리우스 초상 오브제가 우리를 엿보고 있는 공원 화장실에서 웃지 못할 희대의 또순이가 되었다.

화장실에 코인을 넣고 한 사람씩 들어가야 되는데 코인이 없기도 하지만 절약이 몸에 밴 우리는 두 사람씩 볼 일을 보는 한국의 또순이 아줌마들이다.

*시벨리우스(J Sibelius, 1865~1957) : 음악가

▲ 시벨리우스 공원에서

GNP가 세계 1위인 노르웨이로

실랴 라인(Silja line)에서 보는 해질녘 바다의 노을은 금
가루를 뿌려 놓은 듯 물 비늘처럼 퍼득인다. 유람선 침실의 창으
로 보이는 저 불덩이 같은 해를 물고 바다 속으로 떨어지는 사위

▲ 인생의 희노애락을 묘사한 비겔란드의 조각 모노리스

의 밤을 저어 노르웨이로 향한다.

밤을 달려 GNP가 세계 1위인 노르웨이의 거장 목각의 신동 비겔란드(Vigeland)의 조각이 우뚝 서 전시되고 있는 오슬로 시청 광장에 넋을 잃고 서 있다.

'내 조각을 전시할 장소와 재료와 인부를 책임져달라고 한 뒤 조각에만 전념하였다' 는 10만여 평의 조각공원에 원통 돌리기 조각에 121명이 엉켜져 있는 조각상을 3명이 14년간이나 걸려 조각한 "비겔란드의 조각 모노리스(Monolith)" 인생의 희·로·애·락을 애기 때부터 늙어 무덤으로 가는 과정의 인생의 굴레를 보면서 이 담대한 한 예술가의 혼을 만나려 세계에서 사람들이 몰려오게 한 통치자와 예술가의 혼에 한없는 경의를 표하고 싶다.

▲ 비겔란드의 조각공원

▲ 바이킹 배 박물관 내부

　신동 비겔란드는 우리가 미처 깨닫지 못하고 죽음을 향해 걸어가는 것임을 말하고 있는 듯하다.

　위성으로 비춰지는 내 나라 쇠고기 수입 반대 촛불시위는 어떻게 설명해야 할지 교포들은 무척 걱정들을 한다. 이 나라 호콘 6세 때 왕통이 끊어져 덴마크 칼 왕자와 영국의 에드와브 딸과 결혼한 이 두 사람을 데려와 왕가를 이어가게 하였으며, 호콘 7세 올라브왕은 스웨덴 공주와 결혼하여 지금 노르웨이 왕통을 이어가고 있다.

　100년 전(1905. 9. 5) 포츠머스조약 당시 러일전쟁을 끝내는 조약 때 청년 이승만은 시어도어 루즈벨트 대통령 앞에서 조미수호조약에 입각하여 불쌍한 나라의 위태함을 건져주기를 간곡히

호소를 하니, 귀국 공사관을 통해 제출한다면 중국의 청원서와
함께 강화회의에 제출하겠다며 귀국 공사더러 국무부에 제출하
라고 하였다.

30분간의 회견은 성공적으로 끝난 듯했다. 이승만의 활동을 적
극 지원하겠다고 하였던 워싱턴 김윤정 공사는 청원서를 거부하
며 공식문건이 아니라 교민단체의 문건이라는 것이었다. 그는
이미 일본과 손을 잡고 있었다.

이리하여 2달 뒤 을사보호조약, 5년 뒤 한일합병으로 조선은
멸망하였다.

이런 통한을 안고 있는 우리다. 그런데도 내가 뽑은 대통령을
물러가라, 경찰관의 옷을 벗기고 한 치 앞도 내다볼 수 없는 광복
60주년이니 63주년이니 야당 정치가들은 광복절기념 행사장에
도 참석하지 않는 이념의 갈등을 위성으로 중개되는 이 창피함
과 걱정하는 교민들을 뒤로 하고 성숙한 국민이 되기를 빌어 보
면서 발길을 돌린다.

베르겐항구

　베르겐을 향하여 달리는 길옆 산기슭 나무들이 일어서서 걸어가고 있는 듯, 피오르드 위에 부슬부슬 비가 내린다. 이곳은 연중 270일 정도 비가 내리는 곳이다.

　어시장은 14세기에 한자 동맹에 가입하였으며, 1980년 유네스코 세계유산에 등록되었다. 거창한 역사를 갖고 있어 잔뜩 기대를 하고 부산 자갈치 시장보다 훨씬 크겠지 상상을 하고 가 보니 어시장에는 연어, 새우, 가재 등이 좌판에 놓여 있는 한산한 어촌의 풍경이다.

　시장을 둘러보고 울리겐산(643m)에 케이블카로 올라오니 시가와 항구가 한 눈에 보인다. 수많은 배가 드나드는 제2의 항구 도시이며 처음에는 수도였던 곳이다.

　끝없는 하르당게 피오르드(Hardanger Fjord)를 돌아서 가더라도 자연을 거스리는 일은 하지 않는다며, 이곳에 50년간의 공론 끝에 ‘voss’라는 현수교 하나 밖에 세우지 않았다. 다리를 지나는 빗속에 은은히 들려오는 솔베이지 송을 들으면서 달리는데 저 멀리 숲속의 띄엄띄엄 보이는 집에 사는 아이들의 등하교가 궁금하여 가이드에게 물어 본다.

정부에서 병원이며 차가 와서 통학과 통원을 시켜 주며, 인구도 작은 나라이면서도 이민자를 받아들이지 않는 나라란다.

노르웨이는 스웨덴의 침략에 의해 400년이나 식민지였던 쓰라린 고통을 후손들에게 물려주지 않기 위해 부채가 한 푼도 없으며, 오일 가스가 올라서 9만 7천불이라는 GNP임에도 근검절약하는 이들이 한없는 부러움과 동시에 존경스럽다.

이 나라 호콘다크 왕세자빈은 이혼녀에다 전남편도 마약 중독자이며 친정아버지도 마약 중독자다. 4살 난 아들까지 데리고 온 며느리를 호콘왕은 나도 국민 여러분과 같이 흥분되며 화가 난다. 그러나 내 아들이 좋아하고 결정했으니 나는 내 아들을 믿는다. 여러분들도 왕자를 믿어 달라고 하며 왕후 시어머니는 며느리가 데리고 온 아이를 며느리의 아들이니 우리의 손자다 라며 감싸고 정초 왕실 기자회견장에 데리고 나왔단다.

우리 가이드는 이웃 사람들에게 너네들은 그렇게 떠들더니 ‘왜 잠잠하니’ 하고 물으니 이제 국왕이 결정했으니 우리들은 따른다기에 흥분한 가이드만 민망하였다고 한다.

국왕을 믿고 따르는 이 신례가 세계 1위를 만드는 저력이 아니었을까.

끝없는 피오르드를 달린다

성애 자욱한 푸르다 못해 가슴이 서늘한 물결을 바라보며 끝없는 피오르드를, 스위스 시인 '비글바스' 가 시어_{詩語}로도 다 표현할 수 없었다는 요정의 빙하 게이랑 에르 뷰를 어떻게 하면 한눈에 담을 수 있을까 하고 설렌다.

탐험가 '프리티오프 난센' 이 노르웨이를 발견하고는 얼마나 가슴 떨렸을까를 상상만 해도 그 환희의 떨림이 온 몸에 전율을 일으킨다.

부산에서 서울보다 더 긴 아울란드(Aurland) 산맥을 끼고 빙하가 녹아내린 끝없는 송네 피오르드(Sogne Fjord), 얼음같이 차가운 피오르드의 수심은 1308m인데도 빙하가 녹아내려 수온이 올라가서 연어가 알을 낳을 수 없다고 수면 밑으로 끌어 내리는 장치를 하며 우리나라 해양연구가들도 이곳 해양박물관에서 연구하고 있다.

피오르드

빙하의 눈물 피오르드에
연어가 신혼의 단꿈 꾼다
얼음 같은 차가운 거울 속
어느 때부턴가
서리가 내리고
성애 자욱한 피오르드 속을
연어는 더워서
알을 낳지 않겠다며
깊은 물 속으로
몸을 내린다

▲ 피오르드 선착장 주변

노르웨이 플름 산악열차(Norway in a nutshell)

산악열차는 해발 865m의 플름(Flam) 계곡의 급경사진 오르막을 꺼이꺼이 올라간다. 바람 세찬 산 위에서 핀 노란 꽃들이 땅에 납작 엎드려 절하며 우리를 맞이한다.

열차는 정상에 모두를 내려놓고 플름 계곡 급경사를 떨어질 듯 쏟아 붓고 또 꺼이꺼이 오른다.

플름 폭포

빙하가 눈물 흘린다
저렇듯 성난 폭도 되어
발밑 돌멩이 차 버린 얼음덩이
알몸 서로 등 부비며

숨바꼭질하였는데

여기저기 돌멩이 나딩굴고
언제 덮칠지 모르는
아슬아슬한 아울란스
빙하의 산길을
곡예사 되어 버스는 달린다

내일은 내일에 맡겨두고
거기 그대로 두라는
자연의 외침을 뒤로 하면서
소돔과 고모라 생각이
뇌리를 스친다

닥터 홈스 호텔에 여장을 풀다

요정의 길 '반지 제왕' 영화의 배경이 된 협곡 온달네스를 넘어서 이 아름다운 자연경관을 보기 위해 세계에서 관광객들이 몰려와 호텔을 잡을 수 없다. 그 덕에 업그레이드된 황제가 묵었던 닥터 홈스 호텔에 여장을 푼다.

백야인 이곳은 새벽 3시인데도 바깥이 훤하다. 입었던 옷을 가방에 넣고 다니지 못하는 성격이라 그날 입었던 옷을 깨끗이 빨아 타월에 꼭꼭 밟아서 널어 놓고 서성이며 커튼을 밀어내니 질려 버릴 듯 서늘한 덩어리가 목젖을 타고 내리는 백야에 노천명의 [이름 없는 여인이 되어]가 생각난다.

"어느 조그만/ 산골로 들어가/나는 이름 없는 여인이 되고 싶소/ 초가지붕에/ 박넝쿨 올리고/ 삼밭엔 오이와 호박을 놓고/ 들장미로 울타리 엮어/ 마당엔 하늘을 욕심껏 들여다 놓고/ 밤이면 실컷 별을 안고/ 부엉이가 우는 밤도 / 내사 외롭지 않겠소/ 기차가 지나가 버리는 마을/ 놋 양푼의 수수엿을 녹여 먹으며/ 내 좋은 사람과/ 밤이 늦도록/ 여우 나는 산골 얘기를 하면/ 삽살개는 달을 짓고/ 나는 여왕보다 더 행복하겠소"를 되뇌어 보면서 정말 그렇게 살 수는 없을까를 수만 번 수천 번을 고뇌하면서 보내는 이 시린 밤, 어느새 새벽 눈 떠오는 아침의 침묵하는 호텔 뒤 숲 속 별장이 띄엄띄엄 있는 전원을 걷는다.

트롤 스키장 옆 목장의 양떼 가족들의 단잠을 깨워 본다. 어미 양은 귀를 쫑긋 세우고 경계를 늦추지 않는데 장난치던 개구쟁이 새끼는 내게로 와서 풀을 받아 먹고는 지네들끼리 또 장난을 치는 평온한 산촌의 아침이다. 저 멀리 기차역으로 올라가니 여기도 도시로 출근하는 사람들이 차를 세워 두고 총총 기차를 타고 떠난다.

교회의 공동묘지

▲ 트롤 스키장에서

며 이름 모를 풀과 꽃들의 초록 내음을 맡아본다. 정성스레 꽃을
가꾸어 놓은 나비들도 춤을 추어 바치는 공동묘지다. 나이 많은
어르신들이 여기를 돌본다고 한다. 아마도 본인 갈 곳을 미리 준
비하는 것만 같다.

트롤 스키장에서

눈을 뜨니 미명의 3시다
달빛도 저렇듯 시리도록 밝을 수 있나
만날 수도 닿을 수도 없는 그 곳에
흘러 가는 바람아 내 말 전해 다오
유령처럼 백야는 옷자락을 잡는다
바람은 상큼한 새벽을 산장에 풀어놓는데
서늘한 덩어리가 목젖을 타고 내린다
스키장에는 수정 같은 아침을 깨우는
언덕을 따라 썰매 타듯 내려오면서
들꽃 한 송이 꺾어 나를 위로해 주며
나에게 바친다.

해박한 가이드의 위력

노르웨이를 안내하는 가이드는 10년째 이 일을 한다고
한다. 추운 겨울 관광객이 오지 않는 동안에는 도서관에 가서 준
비를 철저히 한다는 노련한 아줌마 가이드다. 본인 말을 빌리자
면 예쁘지도 않은 얼굴에 가무잡잡한 가이드다.

덴마크에서는 스쿠알렌을 한 병도 사지 않았던 사람들인데 실
력 있는 가이드의 빛은 이때도 발휘된다. 3일간의 가이드와 다니
면서 우리는 그녀에게 매료되어 모두가 면세점에 도착하니 누가
먼저랄 것도 없이 앞 다투어 필요한 물건을 산다. 이번 그룹은 은
퇴한 교장 선생님들의 부부동반인 여행이다.

남편 감시 때문에 그동안 쇼핑을 제대로 할 수 없었던 그들이
다. 나는 한국 가이드한테 유로를 며칠째 빌려 쓰면서 다닌다. 떠
날 때부터 나의 룸메이트는 가이드다.

그런데 가는 나라마다 가이드는 방을 따로 구하고 나 혼자 쓰

게 배려해 주는 통 큰 아가씨다.

모스크바에서는 같은 건물에 방이 없어 본인은 옆 건물에 방을 얻어서 가는 불편함도 마다않고 배려해 주었다.

노르웨이의 닥터홈스 호텔에서는 3인용 방을 같이 사용하려다 가이드가 있는 방은 전화가 많이 오기 때문에 불편하다며 나 혼자 사용하게 해주는 이 과분한 호사에도 마음은 더욱 외로워진다.

그렇게 해서 친하게 되어 카드를 쓰는 것보다 유로를 빌려서 쓴다. 순모실로 짠 솜사탕 같은 핑크 색깔의 상의가 40% 세일을 하여 구입했다.

여자들은 서로가 산 물건을 바꿔가며 구경하고 다니는 것도 여행의 쏠쏠한 재미다. 그게 어디 있었느냐며 모두가 잘 샀다고 한 마디씩 한다. 내가 이러고 다니는 것도 혼자 다니는 나를 기죽이지 않기 위함인 것이 아닐까.

이탈리아 속담에는 '기다림만으로 사는 사람은 굶어서 죽는다' 라 하지 않았던가.

스웨덴 새벽 미명의 강가에서

"석가여래는 하늘은 항상 제자리에 있는데 사람이 떠가는 구름에 매료되어 마음이 걷잡을 수 없이 서두르고 있다."

인도철학자 오쇼 라즈니쉬가 쓴 금강경 강의에서 말하고 있지 않는가. 여행지에서 나는 매일 아침 산책을 한다. 그래야 지치지 않고 다닐 수 있다. 어디선가 개짖는 소리가 정답게 마을을 흔들어 깨울 듯한, 강변의 이른 아침의 고요함은 나를 돌아보며 혼자 여행하는 자신을 위로하는 유일한 시간이다.

걷다 보니 한없이 걸어왔다. 시계를 보니 가야 할 시간이 다 되어 되돌아가려니 올 때 어떤 하얀 건물을 눈으로 표시해 두었는데 모두가 비슷비슷하여 방향도 알 수가 없다.

정신이 혼미해 올 때 저 멀리 자전거 타고 지나는 학생을 불렀다. 어머니가 한국인이며 외할머니가 부산에 산다고 한다. 호텔 명함을 보여주니 모르겠다고 하여 한참을 걸어와 산책 나온 아줌마에게 또 물어 보니 똑바로 가라고 해서 다리 2개를 지나와 찾아보아도 호텔은 보이지 않는다.

초조해지기 시작하는데 저 멀리로 지나가는 사람밖에 없는 이른 아침이다.

그렇게 초조하게 걷고 있는데 때마침 산책 나온 사람이 있어 호텔 명함을 보여주니 나는 강 건너 우리가 묵은 호텔 반대편에 내가 서 있다고 한다.

호텔을 찾는 데 그녀도 같이 찾아준다. 어떤 호텔은 밖에서 문이 잠겨 있어 출입카드가 없으면 들어갈 수도 없다. 한참을 찾아 헤맨 끝에 거기 내가 묵은 호텔이 보인다. 나와 같이 숙소를 찾아 다녀준 이방 여인의 따뜻한 배려에도 제대로 된 인사도 못하고 호텔에 들어서니 이미 다른 사람들은 식사를 끝내고 버스가 와서 떠날 채비로 시동이 걸려 있다.

휴우 하고 가슴을 쓸어내리고는 식당에 가서 아침을 샌드위치로 싸서 버스에 오른다.

러시아 국경에서 2시간의 입국 수속과
노상방뇨

러시아 국경을 통과하기 전에 스웨덴에서 티셔츠 위에 가볍게 하라고 새 애기에게 줄 사파이어 목걸이와 딸들의 귀걸이 2쌍을 샀다. 그런데 딸 둘의 귀걸이를 합쳐도 며느리 목걸이 하나 값이 안 된다.

나도 어쩔 수 없는 옛날 나의 엄마와 닮아 있는 나를 발견한다. 스웨덴을 떠나올 때 부가세를 돌려받기 위해 버스를 세웠는데 나 혼자뿐이었다. 15유로를 받고 버스에 오르는데 점잖은 교장 선생님들에겐 좀 눈치가 보였다.

러시아 국경에 다다르니 차량들로 도로는 주차장이 되어 버렸다. 입국수속이 몇 시간이 걸릴지 모른단다. 이것을 두고 엿장수 마음대로라 하지 않았을까. 관광버스가 쪽 줄을 서 있는데도 새치기시키는 차량이 왜 그리 많은지 그래도 누구 한 사람 항의 한 번 못한다.

모두가 관광도 못하고 추방될까 봐 슬슬 눈치만 보고 있는 것
이 분통이 터진다. 우리를 데려온 스웨덴 운전기사는 이 국경을
넘지 못하고 돌아간다. 관광버스 기사도 자국민이 아니면 운전
하고 들어갈 수가 없다.

아침에 교포 식당에서 주문한 도시락을 버스에 싣기에 왜 저러
나 했는데, 우리는 입국 수속을 기다리는 동안 풀밭에서 점심을
먹고 나니 화장실도 가고 싶다. 빤히 화장실이 보이는데도 국경
저 쪽에 있어 거긴 들어갈 수가 없다. 멀리 총을 멘 국경수비대가
서 있어 몹시 불안하다.

그래도 자연이 부르는 소리는 어찌 할 수가 없어 풀밭에서 실
례를 한다.

우리 차례가 거의 다 되어 여권을 준비하라는데 한韓 교장선생
님은 부인 여권은 아내에게 주었다고 하며 본인 것만 있다고 한
다. 부인과 우리는 여권을 찾으려 사람들이 노상방뇨한 오줌 지
린내 나는 밭과 잔디를 코를 막고 아무리 찾아도 없다. 여권 때문
에 부부가 돌아가야 한다며 부인은 당신이라도 구경하고 오라
한다.

남편은 쓸데없는 소리한다며 대사관에 연락해서 돌아가야 한
다고 하고 있을 때, 우리를 태우고 갈 러시아의 노련한 버스기사
아저씨가 의자 밑을 샅샅이 찾다가 남편에게 여권을 꺼내 보란
다.

어이없게도 아내의 여권을 남편 호주머니에 넣어두고는 부인

에게 주었다고 우겼던 한바탕 해프닝이 있었다. 그렇게도 지루하던 시간이 그 소동으로 지나가고 해질 무렵에서야 국경을 통과해서 상트페테르 부르크로 향한다.

부산 영도에서 살았던 이북에서 내려온 실향민 부모를 둔 여고 때 내 짝은 가끔씩 지각을 하였다. 부산 영도다리가 들렸을 때처럼 네바강의 다리가 들려져 버리면 강 건너에 있는 호텔에도 들어갈 수가 없다며 기사 아저씨는 곡예 운전을 한다.

이런 상황인데도 국경을 통과하는데 2시간씩이나 넘게 기다리게 하는 공산당 잔재가 남아있는 이곳을 세계인들은 무엇을 보기 위해 모여드는지? 두 번 다시 오는가 봐라 하면서 밤을 달린다.

러시아의 겨울궁전에서

어제 상트페테르 부르크 시내와 해군 군함 등을 안내한 노처녀는 건방지다고 오늘 나왔는데도 교장선생님들의 항의에 돌아갔다.

오늘 우리를 안내할 현지 가이드는 광주에서 스포츠 댄스를 공부하러 온 남학생 가이드다. 여기는 물가가 비싸서 엄마가 보내준 양념으로 김치를 담가 먹는다며 알뜰한 본인을 소개한다.

아침 일찍 서둘러서 왔는데도 많은 사람들이 열을 서 있다. 하루에 2만 명만 입장시킨다고 한다. '선진국이 되기 위해서는 박물관을 많이 세워라' 말한 피터대제 2세의 혼이 살아서 꿈틀거리는 것만 같다.

가이드가 엠브란트 전시관에 간다고 하기에 따라 갔더니 렘브란트관이 아닌가. 현지 발음으로 말하니 알아들을 수가 없다며 우리가 쓰는 발음대로 해달라고 부탁을 하였다. 현대미술관에서

'렘브란트 전' 관람을 하기 위해 덕수궁 돌담길에 줄을 서서 땀을 삐질삐질 흘리면서 차례를 기다렸다가 보았던 화란의 안개 낀 목가의 전원 풍광들의 귀한 그림들이었는데, 이곳 렘브란트 전시관에서는 다가올 수난을 예견이라도 하듯이 고뇌에 찬 아기 예수의 성화에서 렘브란트의 또 다른 화필을 볼 수 있었다.

이 많은 그림을 소장하고 있는 것을 보면서 제정러시아의 찬란했던 문물에 어리둥절해진다.

레닌 시대에 성당을 폭파하여 3천명을 수용할 수 있는 수영장을 지었는데 어딘지 모르게 물이 새어 나와서 결국 '하느님의 집은 하느님의 집으로' 라며 지은 그리스도 부활 성당이 오늘 사회주의를 물러가게 한 신神의 섭리가 아니었을까.

▲ 피터대제 2세의 혼이 살아서 꿈틀거리는 전쟁 승리 기념 선박박물관 앞에서

▲ 아기 예수의 다가올 수난을 예고하는 듯한 렘브란트의 성화

　찬란한 한 시대를 이끌었던 영웅이 아무것도 소유하지 않고 말년에는 통나무집에서 조용히 살다 간 이 습지의 도시는 세계 유네스코에 등록되어 건물은 3층 밖에 지을 수 없단다.

　영원할 것으로 믿었던 공산주의는 사라지고 하늘을 찌를 듯 크레인은 네바강 물 위로 새로운 역사를 쓰고 있는데, 그가 남긴 겨울궁전으로 피터대제 2세의 혼령이 달려 나올 것만 같다.

모스크바에서

푸시킨의 [삶], "현재는 언제나 슬픈 것/ 마음은 항상 미래에 사는 것/ 모든 것은 순간에 지나고/ 지나고 나면 그리워지느니라"를 암송해 보면서 레닌 동상이 허망하게 내려졌던 이 모스크바 광장에 자본주의의 물결인 우리의 삼성, LG가 전광판에서 선전되어지고 있다. 넓게 뚫린 14차선 도로 위 벤츠, 릭스, 마치 명차 전시장 같다. 밀려온 순례자들로 호텔 방을 구할 수 없어서 업그레이드된 호텔에서 묵게 되었다.

우리를 안내하는 가이드는 모스크바 대학에서 연극을 전공하였는데 이제 석사학위를 마치고 이번 9월 한국으로 돌아간다고 한다. 올 A학점을 받아서 붉은색 졸업장을 받았는데도 외국인에게는 장학제도가 없다며 못내 아쉬워한다. 학생식당에도 한 끼에 일 만원이나 하며 학비가 비싼데도 세계 여러 나라에서 앞 다투어 유학을 온단다. 영하 40도로 내려가야만 난방을 넣어주며 5

월에 꽃을 피워 8월에 수확을 하는 짧은 여름동안 꽃샘바람도 있으며 맺을 열매 다 맺는 자연의 섭리에 놀라울 뿐이라고 한다.

가이드는 손님을 맞으려 부스스한 채로 나갈 수가 없어 머리를 감고 손님을 맞으려 나가면 머리에 고드름이 주렁주렁 달렸단다. 그런 고된 8년을 아르바이트로 학비를 충당하였던 공부를 마치는 것을 나이 지긋한 우리를 보고는 부모를 만난 듯 힘들게 공부한 자신의 대견함을 수줍게 자랑한다. 가냘프고 수줍은 색시 같은 가이드는 애기 때 꼭 예쁜 여자아이 같았던, 커서도 여려 보이는 조카 상완이와 자꾸 혼돈이 온다. 약한 몸으로 GDP에서 근무하였으며 덩치 큰 애들이 퍽퍽 다 쓰러져도 끄떡없이 견디어 내었다는 조카를 많이 닮은 학생이다.

모스크바 대학은 극장을 가지고 있으며 교수도 직접 무대에 선
다. 연극하는 데 왜 박사학위가 필요하냐며 실기 위주의 활쏘기,
승마 등 하나의 완성된 연극인을 만들어낸다. 이 나라에서는 예
술인 아파트를 지어주며 자취하는 학생들은 밥해 먹을 시간조차
없이 공부를 해야만 한단다. 어느 대학이든지 건축이면 건축, 과
학이면 과학, 이렇게 해서 러시아가 우주선을 쏘아 올리며 세계
최고의 단과대학들을 자랑하고 있다.

모스크바 시내를 지나가는데 차창 밖으로 롯데백화점을 공사
하고 있는 것이 보인다. 개장과 동시에 재단장하고 있다고 한다.
레닌광장에 있는 궁정시대의 백화점을 둘러보니 왜 롯데백화점
이 오픈하자마자 문을 닫을 수밖에 없었는지 알 것 같다.

이곳에서는 세계 최고의 상품이 아니면 팔리지 않는단다. 잘
단장된 넓은 장소에 훈련된 정장을 입은 점원들이 지키고 있다.
문도 사람이 들어가면 자동으로 잠겨 버리는 보안이 철저히 잘
된, 여느 매장에서는 볼 수 없는 고급 명품으로 잘 진열되어 있
다.

볼쇼이 발레단의 단장은 자신들이 어려울 때 백조의 호수, 호
두까기 인형 등을 초청하여 공연을 하게 해준 고마움으로 언제
나 우리나라 공연을 최우선으로 하고 달려오고 있다고 한다. 그
동안 남편 눈치를 보느라 아무것도 사지 못한 교장선생님의 사
모님들은 얌전한 가이드를 신뢰하고, 안내해 준 상점에서 선물
들을 고른다.

십여 일을 같이 다니다 보니 어느 정도 친숙하여졌기도 하였으며, 노르웨이에서 하루 종일 피오르드를 지나 스웨덴으로 올 때 지루할 즈음 만해 한용운의 [알 수 없어요]—"바람도 없는 공중에 수직垂直의 파문을 내며 고요히 떨어지는 오동잎은 누구의 발자취입니까?// 지리한 장마 끝에 서풍에 몰려가는 무서운 검은 구름의 터진 틈으로, 언뜻언뜻 보이는 푸른 하늘은 누구의 얼굴입니까?// 꽃도 없는 깊은 나무에 푸른 이끼를 거쳐서, 옛 탑塔 위의 고요한 하늘을 스치는 알 수 없는 향기는 누구의 입김입니까?// 근원은 알지도 못할 곳에서 나서 돌부리를 울리고, 가늘게 흐르는 작은 시내는 굽이굽이 누구의 노래입니까?// 연꽃 같은 발꿈치로 가이 없는 바다를 밟고, 옥 같은 손으로 끝 없는 하늘을 만지면서, 떨어지는 해를 곱게 단장하는 저녁 놀은 누구의 시詩입니까?// 타고 남은 재가 다시 기름이 됩니다./ 그칠 줄을 모르고 타는 나의 가슴은 누구의 밤을 지키는 약한 등불입니까?" 그리고 [님의 침묵]—"님은 갔습니다. 아아 사랑하는 나의 님은 갔습니다./ 푸른 산빛을 깨치고 단풍나무 숲을 향하여 난 작은 길을 걸어서 차마 떨치고 갔습니다./ 황금의 꽃같이 굳고 빛나던 옛 맹세는 차디찬 티끌이 되어서 한숨의 미풍微風에 날아갔습니다./ 날카로운 첫 키스의 추억은 나의 운명의 지침指針을 돌려 놓고 뒷걸음쳐서 사라졌습니다./ 나는 향기로운 님의 말소리에 귀먹고 꽃다운 님의 얼굴에 눈멀었습니다./ 사랑도 사람의 일이라 만날 때에 미리 떠날 것을 염려하고 경계하지 아니 한 것은 아니지만 이별은 뜻밖의 일이 되고 놀란 가슴은 새로운 슬픔에 터집니다./ 그러나 이별은 쓸데없는 눈물의 원천을 만들고 마는 것은, 스스로 사랑을 깨치는 것인 줄 아는 까닭에, 걷잡을 수 없는 슬픔의 힘을 옮겨서 새 희망의 정수배기에 들어부었습니다./ 우리는 만날 때에 떠날 것을 염려하는 것과 같이 떠날 때에 다시 만날 것을 믿습니다./ 아아 님은 갔지마는 나는 님을 보내지 아니하였습니다./ 제 곡조를 못 이기는 사랑의 노래는 님의 침묵을 휩싸고 돕니다" 하고 낭송하였을 때 특히나 만해 생가를 복원하는 데 관여한 문공부에 근무한 분이 무척 좋아하였다.

낭송을 하는 나도 여느 낭송회에 섰을 때보다 떨리고 가슴 벅차왔으며, 여행을 할 때 듣는 시 한 편은 더욱더 애국자로 만드는 좋은 기회였다며 모두들 좋아한다.

13유로 하는 근사한 여름 샌들을 사고 며느리에게 선물할 다산의 인형을 사고 있는데, 그동안 친숙해졌으며 쇼핑하고 다니는 걸 본 한 분 교장선생님이 행운이 따른다는 원석 호박을 자기 부인이 사는 데 같이 좀 골라 주라며 부탁해 온다. 그래서 스웨덴에서 러시아로 올 때 부가세 환불 받는 사람이 나 혼자뿐이었을 때 버스를 세웠던 것도 덜 미안하였다.

상트페테르 부르크에서 상점에 들르니 어제 모스크바에서 샀던 체리 빛 스카프가 여기에서는 절반의 값이다. 러시아 입국할 때 여권 해프닝이 있었던 그 댁은 어제 사지 못한 선물을 싼 값으로 여기에서 사며 마음 조렸던 시간을 보상받는 것 같다 .

▲ 모스크바에서

모스크바 호텔에서

28층의 호텔에서 보이는

저 멀리 다차 대리석 기둥에

싱그러운 아침 햇살은 눈이 부셔 혼몽하다

잠자던 러시아를 기지개 켜게 하고

80년 지하에서 숨죽였던

가쁜 걸음을 재촉한다

'마음은 항상 미래에 사는 것'

시인의 외침에

러시아의 불꽃이

석유가스를 토하면서

화마처럼 달려온다

*다차 : 레닌시대 때 부족한 식량을 농사 지어서 보충하라고 나눠 준 토지다. 지금은 대리석으로 잘 지어서 별장으로 사용한다.

상트페테르 부르크에서의 해프닝

새벽의 서늘한 바람에 실려 오는 내 허방의 소리에 귀 기울이기도 하고, 세계 어느 곳에서든지 아침 떠 오는 태양은 한 치의 오차도 없이 운행되는 불변의 진리에 나의 시계는 멈춰 버린, 살아 숨을 쉬어도 허깨비만 걸치고 다닌다.

그러나 이곳은 정신이 번쩍 든다. 무서워서 호텔 밖을 한 발짝도 나갈 수가 없다.

10여 년 전 설을 이틀 앞두고 스카라극장에서 보았던 「닥터 지바고」 영화에서 "처자는 이미 내게는 없다. 오직 혁명과 당만 있을 뿐이다." 영화를 통하여 무시무시하게만 생각하였던 이곳에 스파가 있다는 건 상상도 못한 빅뉴스다. 아침 7시에 문을 열며 지하에 있다고 가이드가 일러준다. 정확히 7시가 되어서야 보이가 나와 으슥한 곳으로 안내하는 복도를 한참을 따라 들어가니 깊숙한 곳에 찜질방이 있다.

　노르웨이의 보첼리 나무로 된 스파는 우리나라의 적송 같은 나무로 만든 깔끔하게 단장된 최상의 시설에서 몸을 녹였던 생각을 하고는 7시가 되기를 기다리며 잠도 설쳤는데 작고 보잘것 없는 시설에 실망이다.

　아무도 없는 스파에 들어가 돌에 물을 끼얹고 몸을 녹이면서 길게 누워 있는데 누군가가 노크를 한다. 깜짝 놀라 수건으로 몸을 가리고 나가 보니 삼각 팬츠만 입고 길게 머리를 묶은 남자가 서 있다. 한국에서는 남녀가 제각기 사용한다고 설명을 해주니 순순히 나간다.

　그런 후 마음 놓고 누워 있는데 3사람이나 더 데리고 와서 노크를 한다. 이곳은 남녀공동으로 사용한다기에 나가서 기다리라고 한 후 수건으로 몸을 가리고 등을 뒤로 하면서 조심조심 샤워장으로 들어가서 황급히 옷을 갈아입고 나왔다.

　아침을 먹고 돌아오는데 엘리베이터 앞에서 커다란 타월로 둘둘 몸을 말고 서 있는 3남자가 나를 발견하고는 손으로 가리키며 서로 한바탕 웃었다. 어디서 왔느냐니까 핀란드에서 왔다며 관광을 즐기는 그들 노년의 삶이 무척 행복해 보인다.

상트페테르 부르크에서의 하룻밤

덤으로 얻은 하룻밤은 혼자인 것을 기죽지 않기 위해 태연하려고 애썼던 나를 다독이며 70이 되어야 혼자라고 말할 수 있으려나. 모스크바 지사와 한국의 여행사 실수로 비행기 표를 구할 수 없어서 우리는 상트페테르 부르크에서 운 좋게도 하룻밤을 더 머물게 되었다. 여행사는 적자가 나지 않을까 한 편 걱정도 된다.

이번 여행은 나의 임무를 다한, 아들이 대학교수로 있는 참한 색시를 데리고 와 올 2월에 결혼을 시키고 이제는 홀가분하게 떠나올 수 있었던 여정이다.

이제 장가도 갔으니, 하며 아들 방 정리를 하는데 수첩에 "아빠가 너무 보고 싶다. 많이많이 보고 싶다"고 쓰여져 있는 수첩을 보고는 어린 것이 누나 둘과 엄마의 호주가 되어 제 딴엔 늠름한 모습 보이려 참았던 속 깊은 아들을 이 철없는 엄마는 몰랐다.

▲ 러시아의 겨울궁전 앞에서

　언제나 주눅 들어 있으며 죄인인 양 누가 물으면 혼자라고 말하지 못하고 젊었을 땐 회사에서 출장을 갔다고 하였는데, 처음 보는 사람인데도 남의 사정이 왜 그리 궁금한지 사람들은 묻는다.

　이번 여행은 필리핀에 사는 딸이 와서 여행하는 모녀와 같이 다녀 그나마 다행이다.

　덤으로 주어진 이 밤은 나를 되돌아보게 하는 좋은 시간이 되었다.

　숨통 막히는 국경을 통과할 때 두 번 다시 오는가 봐라 하였는데 보지 못한 여름 궁전의 아쉬움을 뒤로 하면서 먼 훗날 아니 어쩌면 내일일지도 모르는 그날, 티벳인들의 속담에 '내일보다 죽음이 먼저 올지는 아무도 모른다' 하였듯이 하늘에 주소를 둘 때 그와 함께 오리다.

살아온 길을 뒤돌아보며 많은 후회를 남기면서 나를 다독인다. 말없이 흐르는 네바강에 온 마음 실어 보내며 나도 그렇게 흘러가리라.

여자여 너를 대접하라

·

지은이 / 이희숙
발행인 / 김재엽
펴낸곳 / **한누리미디어**
디자인 / 지선숙

·

121-840, 서울시 마포구 서교동 395-13 서원빌딩 2층
전화 / (02)379-4514, 379-4519
Fax / (02)379-4516
E-mail/hannury2003@hanmail.net

·

신고번호 / 제300-2006-61호
등록일 / 1993. 11. 4

·

초판발행일 / 2010년 5월 1일

·

ⓒ 2010 이희숙 Printed in KOREA

·

값 12,000원

·

※잘못된 책은 바꿔드립니다.

ISBN 978-89-7969-365-2 03810